まいにち薔薇いろ

田辺聖子

A【エイ】 to【トゥ】 Z【ズィー】

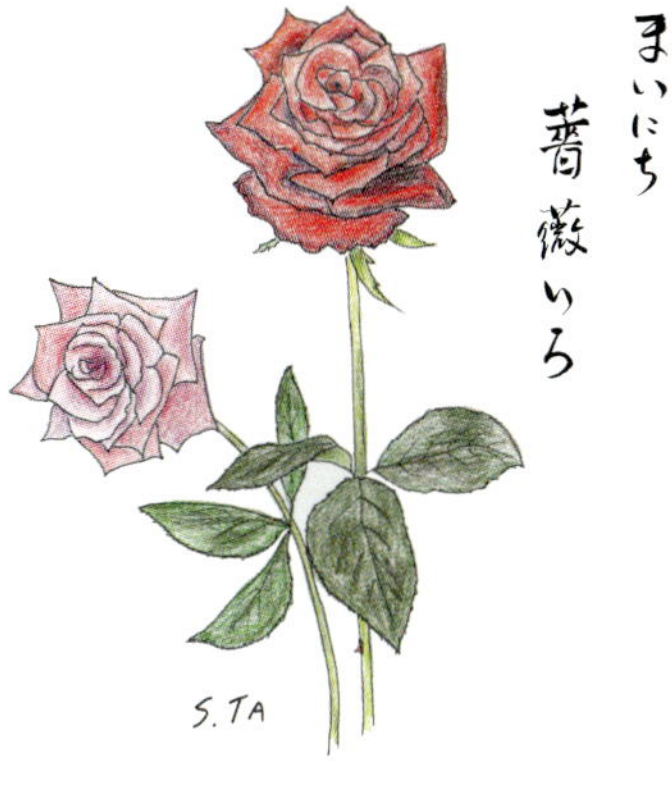

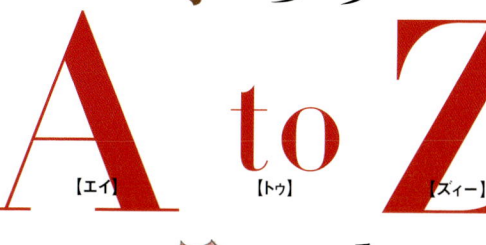

はじめに

小社は、創業八十年記念企画として二〇〇四年五月から『田辺聖子全集』の刊行を開始し、二〇〇六年八月に全二十四巻・別巻一を完結いたしました。田辺聖子氏は一九六四年「感傷旅行《センチメンタル・ジャーニィ》」で芥川賞を受賞して以来四十年余、今もなお創作を続ける現代日本を代表する作家です。

平易な大阪弁で生き生きと描かれる恋愛小説。上質なユーモアと、深い洞察に富んだエッセイの数々。中高年を主人公にした人生の応援歌ともいうべき現代小説。古典を愉しく読み解いて、新しい息吹を吹き込んだ作品群。古事記から源氏物語、百人一首をはじめとして、古今の詩人たちの魅力をあらためて浮き彫りにする評伝、歴史小説。

豊饒で自在な精神から紡ぎだされた原稿用紙十万枚、二百五十冊を超える膨大な作品群。はじめて田辺聖子文学に出会った若い読者の方から、どれから読んでいったらいいのでしょうか、という声がいくつも寄せられました。

そこで、編集部では『田辺聖子全集』の完結にあたって、生きることの楽しさと人間のおもしろさ、佳さに満ちた「田辺ワールド」を一望するような、ビジュアルガイドブックを企画いたしました。

人生の滋味とほろ苦さを発見する、軽やかで温かい人間讃歌にあふれる田辺聖子作品と、彼女のゆめ色暮らしを、AからZまでキーワードを立て「事典」のかたちで、カラフルにご紹介いたします。

世代を超えて多くの読者に支持されてきた田辺聖子文学が、深く広く読み継がれていくことを心から願って「まいにち薔薇いろ　田辺聖子A to Z」をお届けいたします。

二〇〇六年十二月

『田辺聖子全集』編集室

contents

短編六話

記号の用法について

☆紹介する田辺作品の一部は、『田辺聖子全集』に収録されています。

全集1 ←『田辺聖子全集』第1巻に収録されていることをあらわします。

全集17（抄録）←シリーズものなどの一部を収録した場合をあらわします。

全集3（「古文の犬」収録）←収録した短編タイトルを表示しています。

☆本書では、田辺聖子作品を、さまざまなキーワードをたてて紹介しています。
⇒P000 はその項目や内容に関連するページを示します。

☆本書で紹介する書籍は、現在では入手困難なものがあります。

A

【Akutagawasho／芥川賞】

芥川賞受賞「感傷旅行《センチメンタル・ジャーニイ》」

昭和39年、「感傷旅行《センチメンタル・ジャーニイ》」で、第50回芥川賞を受賞、田辺聖子36歳、初ノミネートでの受賞であり、これがいわば〝文学的出発〟――中央文壇へのデビューとなった。

『感傷旅行《センチメンタル・ジャーニイ》』初版本
（文藝春秋新社、1964年）

芥川賞受賞作「感傷旅行」の初出は、同人誌「航路」第7号（昭和38年）。関西の放送局を舞台に、「あまり自慢できぬ四、五流の放送台本屋」である22歳の「ぼく」の視点で、自称37歳の「有以子」の奔放な恋愛模様が語られる。一時期、放送局でラジオドラマを書いた田辺聖子の経験が、その設定に生かされている（作家・藤本義一氏とは、その頃に知り合った）。なお、同じ第50回（昭和38年度下半期）の直木賞受賞者は安藤鶴夫と和田芳恵だった。

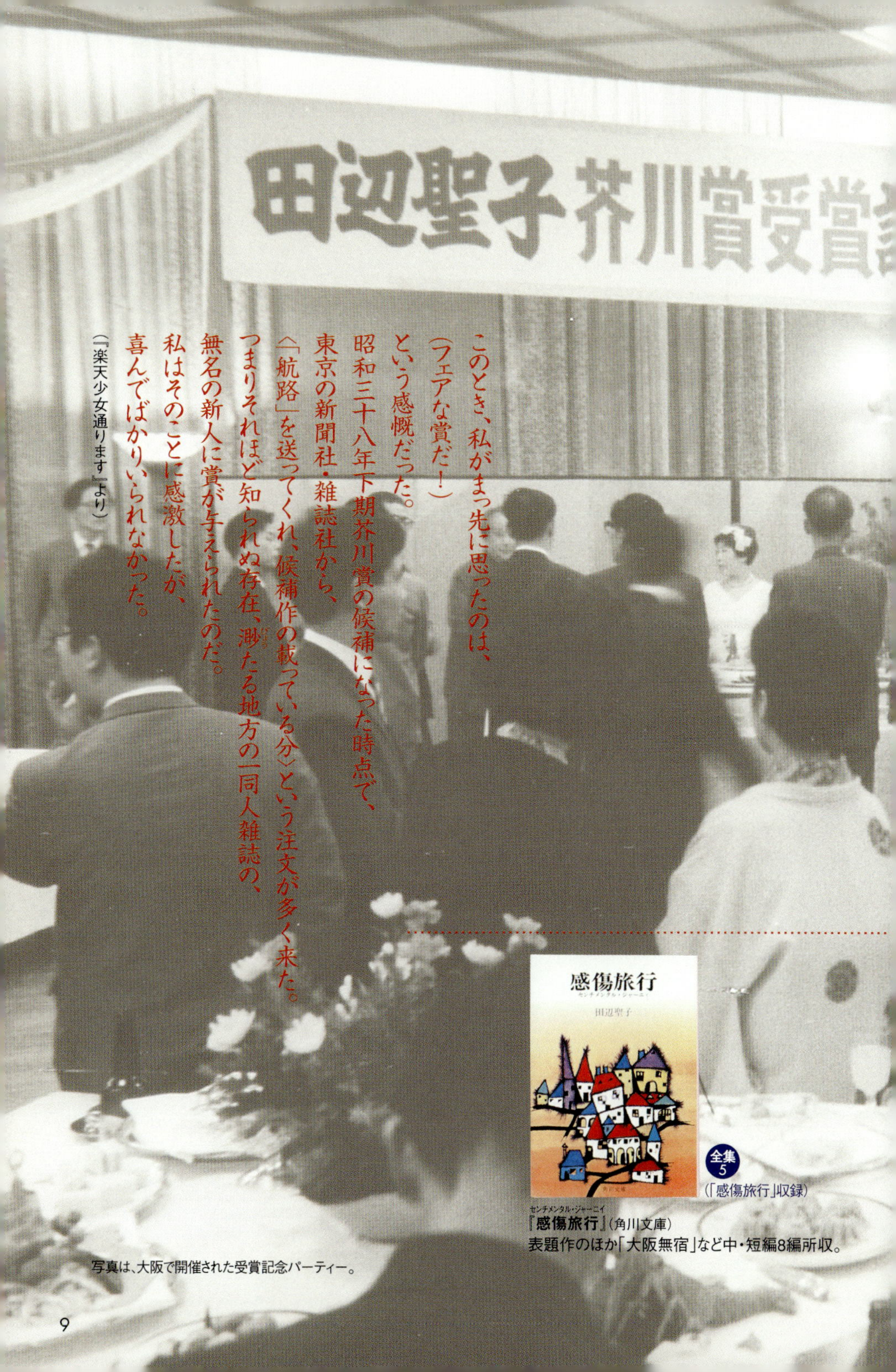

このとき、私がまっ先に思ったのは、
〈フェアな賞だ！〉
という感慨だった。
昭和三十八年下期芥川賞の候補になった時点で、
東京の新聞社・雑誌社から、
〈「航路」を送ってくれ、候補作の載っている分〉という注文が多く来た。
つまりそれほど知られぬ存在、渺《びょう》たる地方の一同人雑誌の、
無名の新人に賞が与えられたのだ。
私はそのことに感激したが、
喜んでばかりいられなかった。

（『楽天少女通ります』より）

全集 5
（「感傷旅行」収録）

『感傷旅行《センチメンタル・ジャーニイ》』（角川文庫）
表題作のほか「大阪無宿」など中・短編8編所収。

写真は、大阪で開催された受賞記念パーティー。

田辺文学入門

B【bungaku／文学】

小説、エッセイ、古典案内、評伝……
豊かで美しい、田辺文学の世界へようこそ。

（そうか……）
と私は思った。
〈書き手〉がこころゆくまで自分の歌いたい歌を、
声張って歌ったら、
〈聴き手〉も、心動かしてくださるのか。

（『田辺聖子全集』別巻1
月報「くすしきご縁に感謝——全集刊行を終えて」より）

田辺聖子愛用の原稿用紙と、ぎりぎりまで使った鉛筆。
鉛筆は三菱ハイユニの4B、5Bを愛用。執筆前、肥後守で自ら削る。

田辺ワールドへの招待状《invitation》

菅 聡子

田辺聖子、という名前を聞いて、あなたは何を思い浮かべるだろう。大阪弁で小説書いてる人？　宝塚の大ファン？　恋愛小説の名手？　ちょっと柔らかめのエッセイが有名じゃない？　いや、私が知ってる田辺聖子は『源氏物語』の講義をしてたぞ？

どれも正解である。田辺聖子ほど守備範囲の広い作家はいないのだ。ほかにも、評伝あり、古典ロマンあり、家族小説あり、はたまた『源氏物語』の小説化あり、と田辺ワールドは実に豊かな沃野なのである。言い換えると、読者の求める文学が必ずそこにはある。

田辺聖子が最初の単行本『花狩』を刊行したのは一九五八年のこと。以来、今日にいたるまで、単行本だけで二百五十冊にものぼる作品を発表している。デビュー以来、作家生活五十年を迎えようとする現在にいたるまで、田辺聖子は一貫して、庶民の視点から日本の戦後社会を描き続けてきた。人の世の「ただごと」を、「女手」で描くこと。田辺自身の言葉だ。大言壮語や大義名分に満ちた小説は、男たちが好む領分だ。けれども、女性たちの文学は、『源氏物語』の昔から、この世のただごとを、限りない愛情をもって描き続けてきた。田辺もまた、その女性たちがつむいできた物語を受け継ぐ者として、ここにいる。

たとえば、中年世代の夫婦を主人公とした家族小説。親子の断絶や、社会との摩擦をユーモラスにとらえながら、人生の哀楽をあたたかく語る。たとえば、三十代のシングルたちをヒロインにした恋愛小説の数々。エリートやキャリアウーマンではないけれど、自分の仕事に誇りを持って、しっかり生きている彼女たちに訪れる、たまさかの恋のロマン。たとえば、古典の世界を舞台にして、現代的な感覚でよみがえらせた王朝の物語。新たな息吹が薫る。一方で、女性たちへの確かな視線は、いくつかの評伝となって、これまで正当に扱われてこなかった女性文学者たちへの再評価の道をひらいた。

人生にかかせないもの、それは文学のロマンである。田辺ワールドの扉は、あなたを極上のロマンの世界に誘うだろう。では、どうぞお入りください。

文学賞

多岐にわたる田辺聖子の文学活動は、各方面から評価され、様々な賞を授与されてきた。ここでは文学賞に絞り、受賞作品と共に紹介。

B【bungakushō／文学賞】

第26回女流文学賞受賞（1987年）

『花衣ぬぐやまつわる……　わが愛の杉田久女』上・下

（集英社文庫）

大正から昭和にかけて数多くの艶麗な句を遺し、女流俳句の先駆者として活躍した杉田久女。高浜虚子の「ホトトギス」と運命的に出会い、一途に句作に打ち込み天才俳人の名をほしいままにする久女。だが、突然「ホトトギス」同人を除名され、以来不幸な運命を辿る。夫との不和、俳壇の心ないスキャンダル、ダークな伝説にまみれた悲劇の人・久女を描いた長編評伝小説。

全集13

1981年6月、北九州取材。小倉北区円通寺境内にある久女の句碑にて。
刻まれている句は「三山の高嶺つたひや紅葉狩」。

第42回菊池寛賞受賞（1994年）
王朝時代から現代まで
幅広く多彩な文筆活動を讃えての授与。
贈呈式にて。

そのかみ、空襲下の〈非常持ち出し〉の鞄に、
私は少女の思いのありったけをこめて、これだけは焼きたくない、
と吉屋信子、林芙美子の本と共に、吉川英治、菊池寛の本も入れていた。
……その先輩のお名を冠した賞なのだ。
幾山河の仕事人生の〈しんどさ〉もむくわれた思いで、しみじみ嬉しかった。
（『楽天少女通ります』より）

私は、はじめ一茶の文学性と暖かな心情に、
敬愛の念を抱いたそのぶん、
彼の野性的強欲のたけだけしさに鼻白んで、
裏切られた思いを持った。（中略）

1988年1月、取材で訪れた
小林一茶の里・信州柏原村（現信濃町）
にある骨董屋店内にて。

――でも、挑戦してみたいと思った。
理由はひとつ。
私は、一茶の句が好きだったのだ。
（『田辺聖子全集』第18巻 解説より）

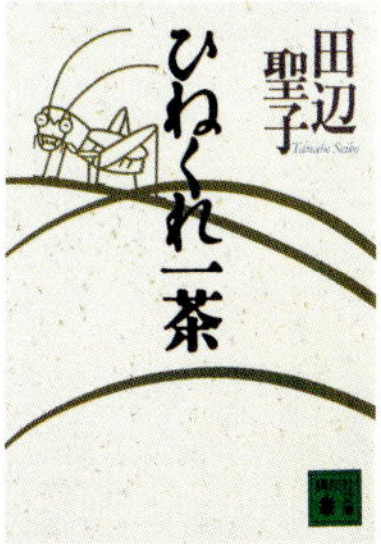

第27回吉川英治文学賞受賞（1993年）

『ひねくれ一茶』
（講談社文庫）

江戸での苦労奉公の末、貧窮の行脚俳人として放浪した小林一茶。晩年を過ごした故郷・柏原での、継母や異母弟との葛藤。ひねくれと童心の屈折の中から、独自の美しい俳句世界を創出した小林一茶の人間像を、生き生きと描きだした長編。

全集18

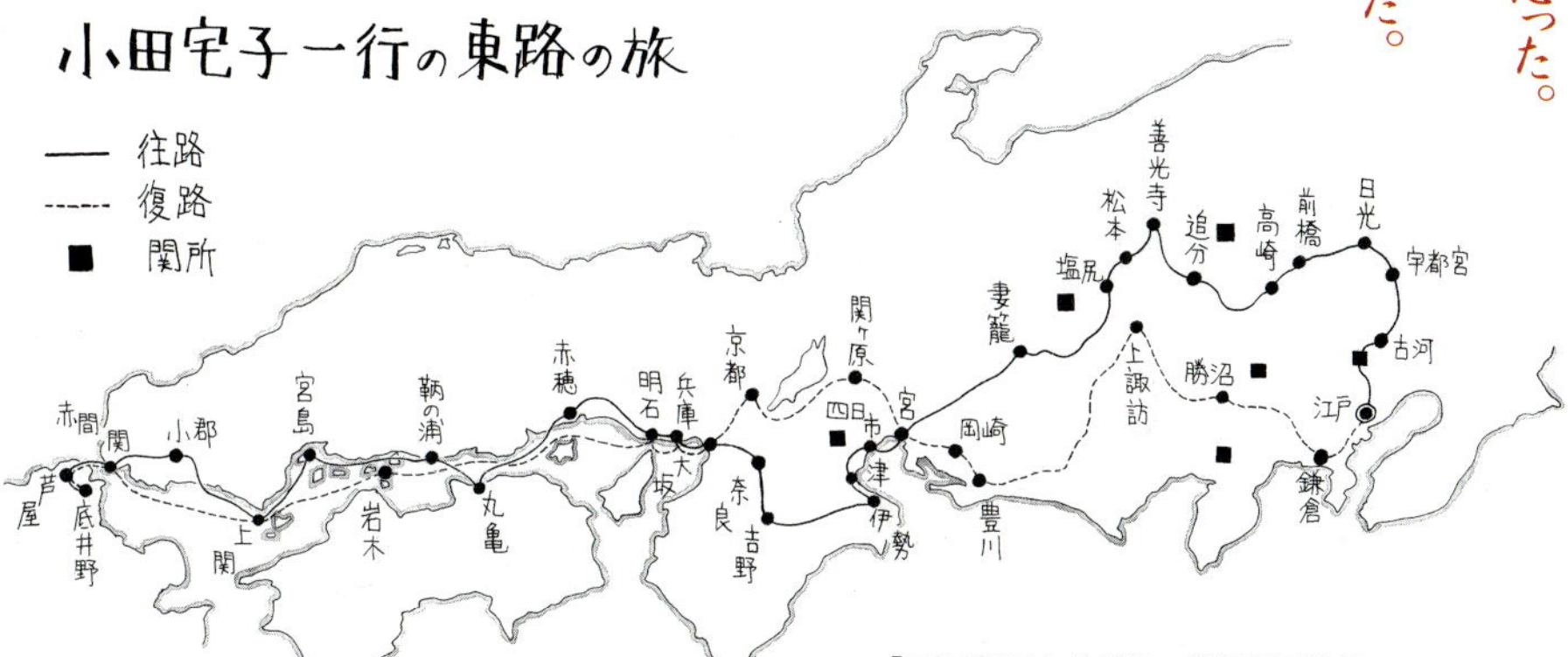

『田辺聖子全集』第22巻掲載図版より

第8回蓮如賞受賞（2003年）

『姥ざかり花の旅笠 小田宅子の「東路日記」』
（集英社文庫）

筑前の商家の内儀・小田宅子は53歳で伊勢へと旅立つ。一行は女4人と従者3人。子育てを終えてから和歌を学び、古典の教養溢れる女たちの旅は、風の吹くまま、気の向くまま。生気躍動する、江戸の女旅のゆたかな愉しさ。俳優・高倉健のご先祖が踏破した5カ月3200キロにおよぶ、五十路女のはればれお買物遊山紀行。

全集22

その他の受賞作品

第2回日本腰巻文学大賞（1974年）『女の長風呂（続）』 ⇒P42

第10回日本文芸大賞（1990年）『田辺聖子長篇全集』をはじめ、全作品に対して ⇒P100

第3回井原西鶴賞特別賞（1998年）
第26回泉鏡花文学賞（1998年）
第50回読売文学賞「評論・伝記賞」（1999年）
『道頓堀の雨に別れて以来なり 川柳作家・岸本水府とその時代』 ⇒P81

愛すべき中年たち

C【chūnenmono／中年もの】

40代以降に多く書かれたのが、
中年男女を主人公とした小説「中年もの」。
彼らの哀歓を、共感をもって描いた
作品群は、人生の応援歌ともいうべき存在だ。

中年男を長編小説の主人公によく書いたが、
短編でも使う。
——〈人、中年にして、はじめて人たり〉
……と私は思う。
わが身の程を知り、わが力量の限界もわきまえ、
さればといって将来に一抹、
あるいは半抹の希望もなしとしない。
（『田辺聖子全集』第3巻 解説より）

還暦を記念して作った「私家版・おせいの中年いろはかるた」（非売品）。
取り札の絵は「カモカ・シリーズ」などの装画でおなじみの高橋孟氏。

『すべってころんで』
（中公文庫）
時は70年代。大阪の新興団地に住む中年夫婦の悲喜こもごもの日々が描かれる。息子は学生運動にのめりこみ、夫は幻のツチノコ探しに夢中、妻は東北に感傷旅行へ……。「中年もの」代表作といえる長編小説。73年にドラマ化もされた。
全集 3

『求婚旅行』1〜3
（文春文庫）
美人で仕事もできるハイミス・昭子が結婚したのは、女房に死なれ、2人の子持ち、姑つきの中年男・平三。日々慌しくも平凡に、主婦として数年暮らしてきた彼女が、ふとしたきっかけで作家になり……。新聞に長期連載された小説。

『中年ちゃらんぽらん』

（講談社文庫）

主人公は中年夫婦、平助と京子。「すかたん」「ぽろくち」「ああしんど」……関西由来の言葉が章タイトルになった長編。ラストでは、田辺聖子も「カモカ連」として踊った徳島の阿波踊りに、主人公たちの「ちゃらんぽらん連」が参加する。


『宮本武蔵をくどく法』

（講談社文庫）

吉川英治『宮本武蔵』のオスギを主人公にした表題作ほか、「タカラジェンヌをくどく法」「女流作家をくどく法」などユニークな設定がおかしい12編の短編集。

全集 3（「鞍馬天狗をくどく法」収録） 全集 16（「二十五の女をくどく法」収録）

『はじめに慈悲ありき』

（文春文庫）

年下男を作ってでていった元妻が、男と別れてから訪れてくるように……表題作ほか、家庭・会社のしがらみの中、悩み多き中年男たちの哀歓を描いた短編7編。

全集 5（「夢とぼとぼ」収録）

『すべってころんで』には、田辺聖子の別荘のある宍粟郡一宮町“福知渓谷”が登場する。この町に小説の中の一節が刻まれた文学碑が建てられた。

column C

【collection／コレクション】

コレクションいろいろ

家中に、美しいもの、かわいらしいものが溢れている田辺邸。繊細な装飾のガラス製品や愛らしい人形たち。花柄、レース、リボン、ビーズ。骨董店でみつけたもの、旅先で購入したもの、自ら作ったもの、人から贈られたもの……。田辺聖子は、これら深く愛玩する品々に囲まれ、ときにインスピレーションを得て、数多くのロマンティックな作品を生み出してきた。

外出には、かわいらしいバッグを持っていく。
花のモチーフやビーズをあしらったもの、
色遣いの鮮やかなものが多い。
自分でアップリケを施したり、
ブローチを飾ったり、ということもする。

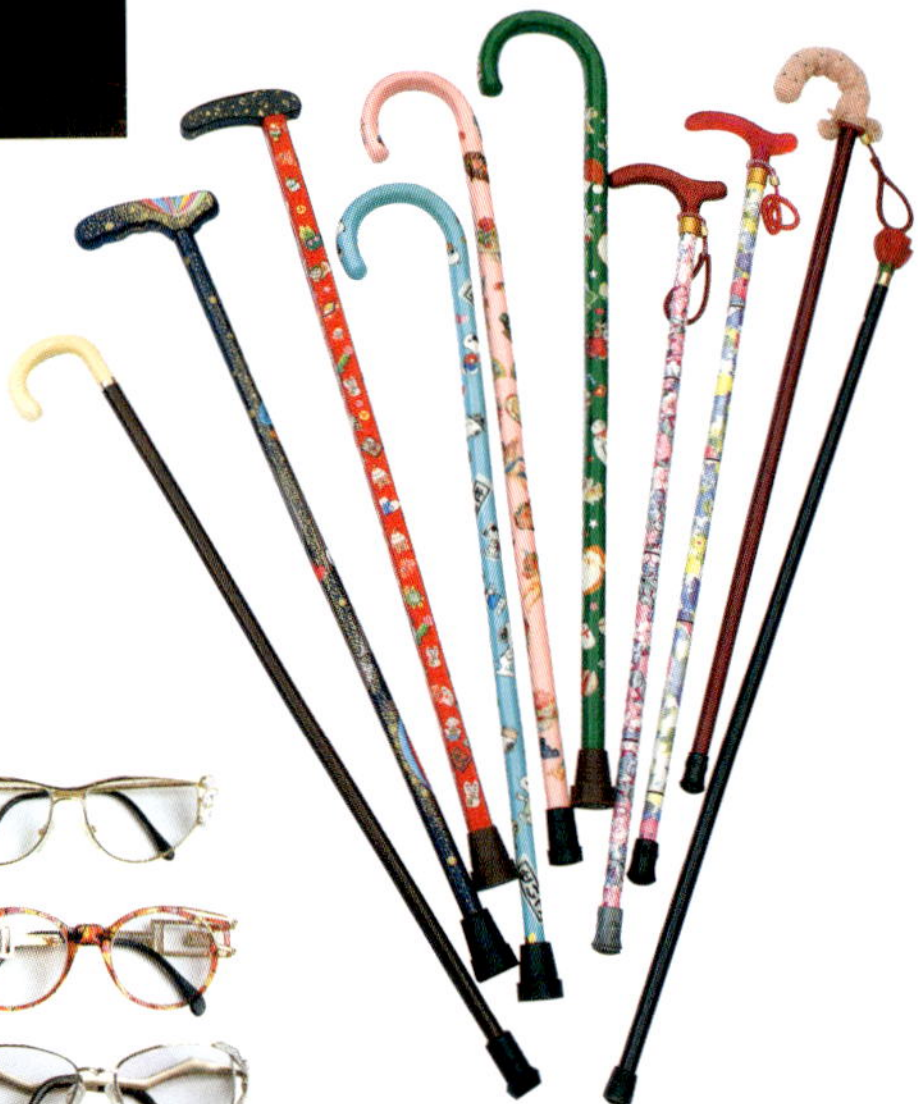

カラフルなステッキコレクション。
折りたたみタイプあり、
持ち手部分が花の形になったものあり。
好きなシールを貼り、
ラッカーを塗った手づくりのものも。

眼鏡いろいろ。
宝石のワンポイント、
フレームにサイコロのモチーフ、などなど……。

されば私も、身辺愛玩《あいがん》の、
はかないくさぐさを
お目にかけてみよう。
あまり外あるきせぬ私にとって、
それらはいろんな物語を紡いでくれる
星たちなのである。

（『手のなかの虹』
「ミシュリーヌの衣裳函」より）

スプーン、ブローチ、貝殻、マスコット……
思い出の品々を、手づくりのフレームに配置した。

手づくりのしおり。宝塚のチケットを使ったものも！
執筆にとりかかる前に、このような手作業をすることが多い……。

アンティークコレクションより。
凝った装飾の酒瓶と
グラスがセットになっている。

熊井明子氏の著書をテキストに、
ポプリ作りをはじめた。
『お目にかかれて満足です』 ⇒P44 や
『不機嫌な恋人』 ⇒P51 には
ポプリや香りが
重要なモチーフで登場する。

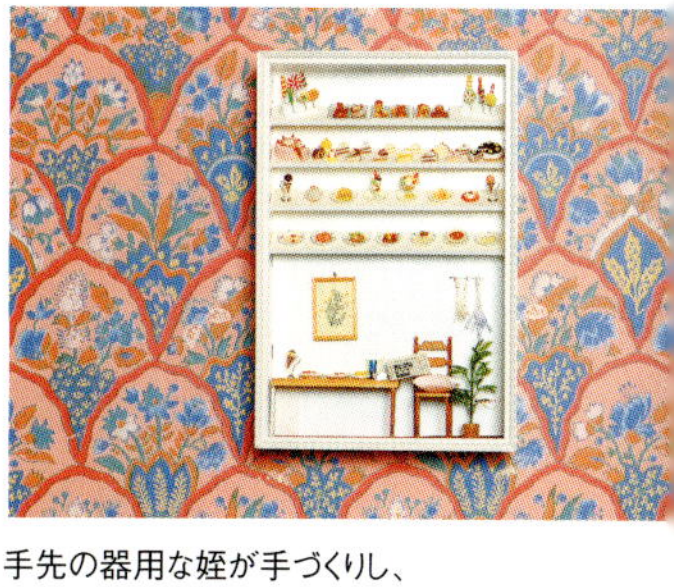

手先の器用な姪が手づくりし、
ドールハウス好きの田辺聖子に
プレゼントしたお菓子やさん。

部屋のいたるところに
人形やぬいぐるみが置かれている。
写真は市松人形。古いもの、現代のものもある。

デビュー作『花狩』まで

D【début／デビュー】

7年間勤務した金物問屋を退職後、文学学校や同人誌で文学修行を続けていた田辺聖子の、初の単行本刊行は『花狩』。昭和33年、30歳のときだった。

郵便局の女の子が、新聞の広告で知って、「おめでとう。有名にならはって」といってくれたが、運転中話しかけないで下さいという感じで、ほめられても貶《けな》されても祝福されても、私の反応は鈍かった。ヒトゴトのように聞こえ、「それどこやおまへんねん」といいたかった。

（『しんこ細工の猿や雉』より）

「花狩」連載時、「婦人生活」の取材で。

1955年頃、同人誌の仲間たちと。

樟蔭女子専門学校卒業後、金物問屋大同商店に7年勤めた田辺聖子は、退職後、大阪文学学校に通う。習作を続け、また文学仲間たちとつくった同人誌に作品を発表しつつ、懸賞小説へも応募を繰り返した。昭和32年、婦人雑誌「婦人生活」の懸賞小説の佳作となり、それを編集部の依頼で連載小説として新たに書き直した作品が『花狩』。田辺聖子自身が生まれ育った大阪・福島の地場産業であったメリヤス工場を舞台とした女の一代記で、10ヵ月の連載ののち、単行本として昭和33年11月、東都書房より刊行された。

column D

【drama／ドラマ】

TVドラマ

「芋たこなんきん」より町子役・藤山直美。（写真提供／NHK）

テレビドラマ化された田辺作品は数多い。ツチノコブームに一役かった「すべってころんで」（1973年、NHK）、すみれを三林京子、ワタルを時任三郎が演じた「愛してよろしいですか」（1984年、NHK）、京マチ子主演で数回にわたりドラマ化された「姥ざかり」（1986年～、KTV）など。

2006年秋からの朝の連続テレビ小説「芋たこなんきん」（NHK）は、脚本・長川千佳子。原案は田辺聖子の数数のエッセイなど。その半生をモデルにしたストーリーだ。大阪の写真館に生まれ、大家族の中で育つ文学少女が、戦争を経て、文学を志す中、妻に死に別れた中年男に出会い、結婚する。継子にあたる子どもたち（実際は4人だが、ドラマでは5人の設定）、義父母、義理のきょうだいたちと、これまた大家族と暮らすことになる……。

ヒロイン・花岡町子役は、藤山直美。夫・カモカのおっちゃんこと徳永健次郎役は國村隼、母・和代は鈴木杏樹と香川京子、父・徳一は城島茂、エッセイでおなじみ〝ミド嬢〟をイメージさせる秘書はいしだあゆみ。

藤山直美は、以前田辺聖子の自伝的小説が原作の「欲しがりません勝つまでは」（1979年、NHK）でも、主人公トキコを演じている。

初の単行本『**花狩**』（東都書房、1958年）

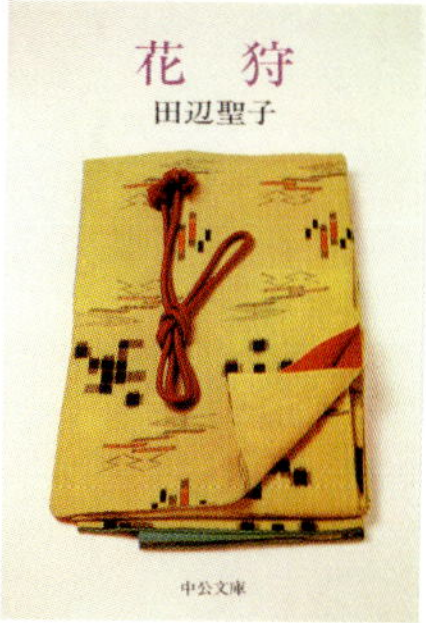

『**花狩**』（中公文庫）

『楽天少女通ります 私の履歴書』
（ハルキ文庫）
誕生から70歳までの自身の人生について振り返った自伝。文学修行の時代については、第3章「大阪弁でサガンを」に詳しい。ほか、自伝的小説『しんこ細工の猿や雉』⇒P 61 でも文学少女が作家になり芥川賞を受賞するまでが描かれる。

E【essay／エッセイ】

エッセイ

田辺聖子のエッセイは、笑いに包んで供される。

そしてひとしきり笑った後、じわじわと、胸に腹に染み入ってくる。

〈ひよこのひとりごと〉というタイトル、
ひよこ、というのは実は私のことである。
〈イエーッ、そんな可愛いモンじゃ
ないでしょが。七十媼《おうな》がヒヨコなんて、
あつかましい〉
といわれるであろうが、
もの書きの心得として、
人生的にはいつも、
ヒヨコの分際をわきまえていないと
いけないと思う。

（『ひよこのひとりごと』「後生畏るべし」より）


『ひよこのひとりごと 残るたのしみ』

（中央公論新社）

2003年から2005年にかけて「婦人公論」に執筆した連載をまとめたエッセイ集。作家・川上弘美氏曰く「大人の作者が書いた、大人のための文章なんですね」（帯より）。

軽やかにつづられる日常の知恵を読むうちに、過去、現在、そして未来、それは地続きの道であることをあらためて感じさせられる。

「痛快無比」な田辺エッセイ

菅 聡子

エッセイ＝随筆とは何か。「見聞・経験・感想などを筆にまかせて何くれとなく記した文章」（『広辞苑』）。だとしたら、けっこう書きやすいんじゃないの？　筆にまかせればいいのなら、私にも書けそう。それが、違うのだ。「つれづれなるままに、日暮らし硯に向かひて心にうつりゆくよしなしごとをそこはかとなく書きつくれば」とのたもうたのはかの兼好法師だが、この「筆にまかせて」ほど難しいことはない。実際、とてもおもしろい小説を書く作家でも、エッセイの名手でもある、というのは意外に少ないものである。

そこで、田辺聖子である。田辺聖子は、まぎれもないエッセイの名手である。それは、『日本の名随筆』シリーズに二十二編も収録されていることからも知られる。これは、一人の作家からの採択数としては、一、二位を争うものなのだ。

田辺のエッセイといえば、痛快無比というイメージが強いが、そもそもなぜ「痛快無比」たりうるのか、ということを考えてみよう。

それは一言で言えば、田辺が自分自身をオチョクル視線を備えているからだ。人を笑うまえに、まず自分を笑う。そして、その自分をも含めた人の世のおかしさ、愉快さ、あるいはばかばかしさやら愚かさを、融通無碍の文章で描き出していく。田辺聖子が社会に向ける批評性は、自分自身に向ける客観的な視線によって、抜群のバランス感覚を備えるものとなっているのだ。

田辺のエッセイは、その趣味の広さを反映するように、愛してやまない宝塚やスヌーたち、映画の数々、古典文学の深甚な知識をたたえた端正な文章、カモカのおっちゃんと繰り広げる丁々発止のやりとり、若い女性たちへの生き方のアドバイス、そしてちょっと堅めの社会派エッセイ、と多岐多様にわたるが、全体をまとめて言うなら、それは豊かな文化論である。ゆかしい古典文学の香りから、人の世のただごとまで、日本の文化を愛おしみ、そしてこれからを考えようとする智慧が、田辺のエッセイにはあふれている。

『死なないで』
（文春文庫）
「女性の周辺の問題」「家族」「原発」「恋愛」「カンボジア」そして「死」。様々なテーマを田辺流の切り口で綴った異色のエッセイ集。
全集24（抄録）

私の書くものも、
あとから見れば、

「性分でんねん」

としかいいようのないものになっている。

エッセーはそれが一層いちじるしい。


（『性分でんねん』あとがきより）

『ほととぎすを待ちながら 好きな本とのめぐりあい』(中公文庫)

全集
23

『なにわの夕なぎ』(朝日文庫)
『女の目くじら』『言うたらなんやけど』『続 言うたらなんやけど』『星を撒く』
『いっしょにお茶を』『人生は、だましだまし』(角川文庫)
『女が愛に生きるとき』『おせいさんの団子鼻』
『ほのかに白粉の匂い 新・女が愛に生きるとき』『ぼちぼち草子』(講談社文庫)
『猫なで日記 私の創作ノート』『乗り換えの多い旅』『楽老抄 ゆめのしずく』(集英社文庫)
『ラーメン煮えたもご存じない』(新潮文庫)
『性分でんねん』『かるく一杯』『小町・中町 浮世をゆく』(ちくま文庫)
『天窓に雀のあしあと』(中公文庫)
『男はころり女はごろり』『ヨーロッパ横丁たべあるき』(文春文庫)

※その他のエッセイは、下記のページで紹介。

⇒P28 ⇒P39 ⇒P40 ⇒P42・43 ⇒P56 ⇒P61
⇒P78 ⇒P87 ⇒P93

もうひとつの〝家族〟

F【family／ファミリー】

田辺家には、昭和52年に養子となった長男スヌーをはじめ、たくさんの〝家族〟がいる。ぬいぐるみ、ビスクドール、市松人形……。皆に名前があり、おしゃべりもすればケンカもする大切な子どもたちだ。

スヌーがはじめて家に来た日、夫は仕事場から帰って、洋服だんすの前で服をぬぎ、居間へやって来た。やれやれとばかり冷蔵庫から氷を出してグラスに入れ、洋酒の瓶と共に提《さ》げて、いつものソファに坐った。まだ気がつかない。

私はスヌーの横にいた。

夫はウイスキーをつぎ、美味《おい》しそうに飲んで、横手のスヌーに一べつもくれない。

「ここにいるんですけど」

と私がいうと、

「うるさい。自分で取ってこい。こっちゃ一日働いとんねん。亭主を追い使う気か」

と夫はいった。私が酒をくれといったのかと思ったのだ。

「これはスヌーだよ」

『夢の櫂《かい》こぎ どんぶらこ』

（集英社文庫）

長男スヌーを中心に、田辺家の子どもたちは今日も元気。いつもひかえめなコビイ（コリー犬）にちょっとした“事件”が起こったり、お正月をみんなでお祝いしたり。そして、いちばんの古株・オジンの運命にも大きな変化が……。

と紹介すると夫ははじめて見、「あっ」といって絶句した。
「何やこれ。オマエ、こういう巨大な、
ばかげたシロモノを買《こ》うたんか、もろたんか」
「買いました」
「なんでこういうアホなものを買う。
天を恐れざる仕打ちです。正気の沙汰とは思えん。
——あ、胸がドキドキする。オバケや。モンスターや。
ワシが夢で魘《うな》されてもええのんか」
しかしスヌーは何とものんびりした顔で笑ってるのだ。

（『スヌー物語』「スヌーのあんよ」より）

『スヌー物語』
（文春文庫）
長男スヌーはたれ目で長い耳、大きなおなかが特徴。日々の生活は仲間のぬいぐるみや人形たちとおしゃべりしたり、好物の舌平目のムニエルを食べたり、美少女に遊んでもらったり、仕事で悩んでいる“おばたん”をはげましてあげたり……。

左からオジン、きかん気のテディベア、ブーちゃん、デコ、ムサシ、チビ、アマエタ。

中央が、長男スヌー。
身長約150cm、本名はアンリ・ド・スヌー、
別名・蔵人頭、兼、左近中将、
従三位、藤原のスヌ成。

夫婦

「ワシと結婚したら、
もっと面白い小説書けまっせ」。
田辺聖子に熱烈なアプローチをしたのは、
4人の子どもを持つ川野純夫。
のちに「カモカのおっちゃん」の愛称でも
親しまれる夫と、36年間、
仲むつまじい結婚生活を送った。

田辺聖子が結婚したのは、昭和41年38歳のとき。すでに芥川賞を受賞し、執筆に追われている頃だった。関西の作家仲間であった川野彰子氏が急逝し、その追悼文を書いたことがきっかけで、川野氏の夫であった医師・川野純夫と出会う。奄美大島出身の彼の熱烈なプロポーズで結婚、別居婚を経て、大家族――義父母、義弟妹、4人の子どもたち――とともに暮らすようになる。夫とは毎晩酒を飲み、夜の更けるまでおしゃべりをした。

F【fūfu／夫婦】

昭和50年代、どんなに忙しくても、夜は仲良くお酒を飲むのが日課だった。

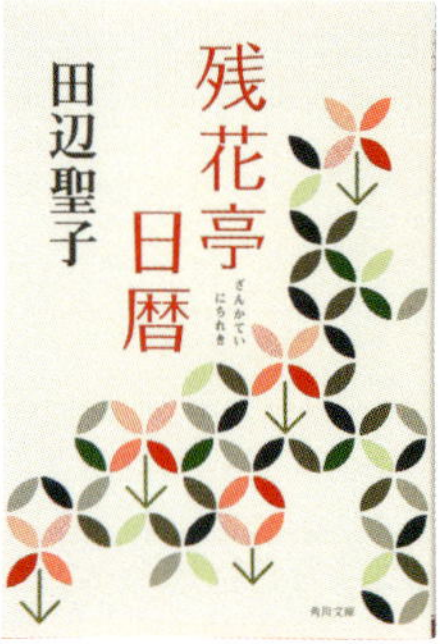

『残花亭日暦』
（角川文庫）
100歳近い老母の介護、闘病中の夫、絶え間のない執筆、講演会、文学賞の選考会…… 忙しい日常をこなし続ける作家・田辺聖子。そんな中、夫にさらに深刻な病がみつかる……。2001年6月から翌年3月までの、公私にわたる繁忙の日々、最愛の夫との永遠の別れが、日記形式で淡々と描かれる。

全集24

外交ですからね、夫婦仲は。
根回しっていりますよ、
人生の根回し。
そこにやっぱり手腕が
問われると思う。
アホでは結婚生活、
続けへんよ。

（「コスモポリタン」
2003年5月号インタビュー
「おっちゃんとの長い長い愛の話」より）

昭和56年、「カモカ連」をつくって
阿波踊りを踊りにいった徳島にて。

源氏物語

美しい日本語での現代語訳、さまざまな切り口でのエッセイ、
批判とユーモアに満ちたパロディ、あるいは講演の場で、
世界に誇る日本の傑作古典「源氏物語」をさまざまに紹介。

現代日本語の美しい結晶『新源氏物語』

菅 聡子

「いづれの御時にか。女御・更衣あまたさぶらひ給ひけるなかに、いと、やむごとなき際にはあらぬが、すぐれて時めき給ふありけり」。『源氏物語』といえば、どの現代語訳でも、このお決まりのフレーズから始まる。高校時代、古典の時間に習うのも、この冒頭の一節からだ。けれど、〈田辺源氏〉は違う。「光源氏、光源氏と、世上の人々はことごとしいあだ名をつけ、浮わついた色ごのみの公達、ともてはやすのを、当の源氏自身はあじけないことに思っている」。紫式部の『源氏物語』が、光源氏の母の話から始まるのに対して、田辺聖子の『新源氏物語』は、始めからこの物語の主人公が光源氏という「まめやかでまじめな心持の青年」であることを読者に伝えている。そう、彼は「青年」だ。私たちは、どうも『源氏物語』の古雅な文章に惑わされて、光源氏が最初から堂々たる大宮人であるかのようにイメージしてしまうのだが、第二帖「帚木」(「雨夜の品定め」でよく知られる)の時点で彼はまだ数えで十七歳なのだ。〈田辺

私は『新源氏物語』を書くとき、
〈注釈書なしに〝源氏〟を読める〉という楽しみを
読者と共有したいがため、現代語訳に挑戦したが、
そのとき最も心を砕いたのは、〈美しい現代日本語〉だった。

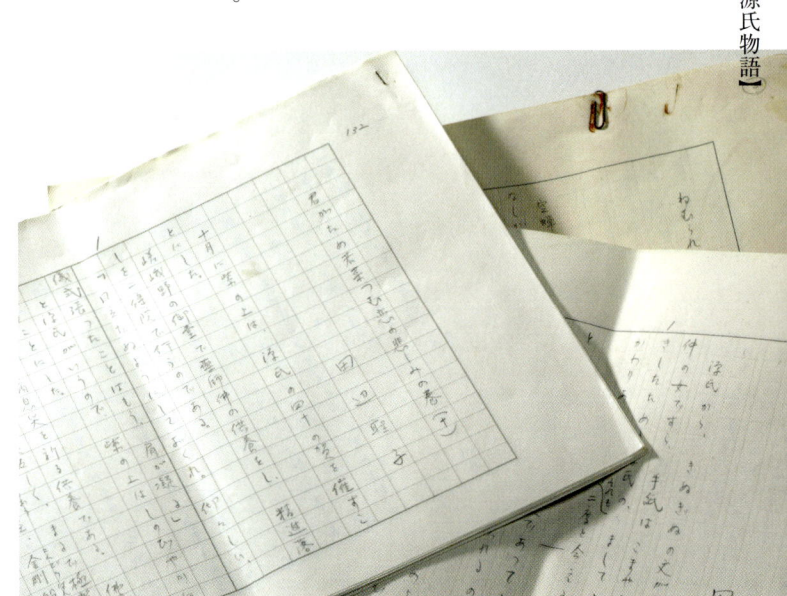

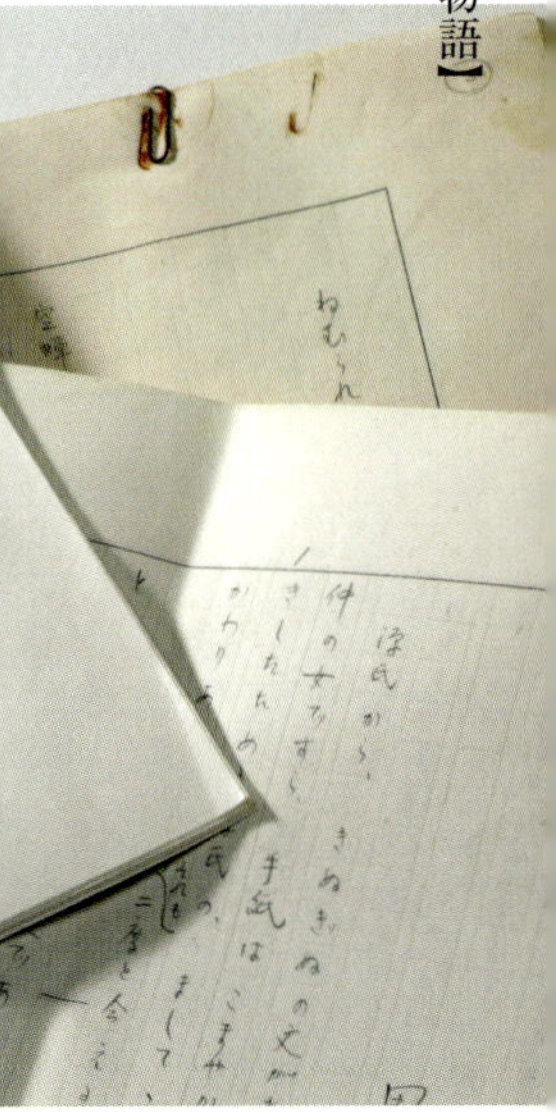
「週刊朝日」に連載された『新源氏物語』の生原稿。

源氏〉はその冒頭からして、彼がまだみずみずしい青年で、かなわぬ恋に煩悶しながら、けれど若さゆえにときに軽々しくふるまい、またそれゆえの悔恨に悩み、あるいは太刀打ちできぬ年上の女性を前に打ちひしがれ、といった様子を生き生きと語る。なんて魅力的でかわいらしい青年なんだろう、光源氏って。私たちにそう思わせる、具体的な内実をともなった光源氏がここにはいる。

　冒頭の一節に明らかなように、〈田辺源氏〉はいわゆる現代語訳ではなく、現代の小説として、いわば田辺聖子が新しい息吹を吹き込んだ『新源氏物語』だ。これまでも、与謝野晶子、谷崎潤一郎、円地文子といった作家たちが、それぞれの『源氏物語』現代語訳を世に送り出してきた。ことに〈谷崎源氏〉は、原文のもつ風雅を生かそうと、可能なかぎりの優雅さをもって（大谷崎が腕によりを掛けたのだから、推して知るべし）、かつ原文に忠実に訳されているため、現代語訳であるにもかかわらず、原文以上に難解である、という本末転倒現象を生んでいる。〈田辺源氏〉の文章は、そのあり方としては谷崎の方法の反対側にある。もともと原文の各帖は、田辺聖子によって物語として再構成されているのだけれど、加えて、物語上重要な役割を果たしている和歌も、ある箇所ではそのまま引用し、またある箇所では語りの文章に分解して組み込んで、というようにその形を変えられている。平安の世も現代も、「恋愛心理」は変わらない、その心理を、原文の香気を失わず、しかし「すらすら読める」新しい『源氏物語』として再生させる（「『源氏物語』とつきあって」）。この田辺聖子の思いのとおり、『新源氏物語』は、現代日本語のもっとも美しい結晶となった。『源氏物語』がなぜ千年の時を超えて読み継がれているのか、その秘密を解く鍵を、私たちは『新源氏物語』を通して知ることになるだろう。

品位に重点を置くあまり、現実ばなれした日本語であってはならず、さりとて、あまりに安易に砕けては、原典のもつ香気を失う。世俗の手《て》垢《あか》にまみれない、しかも王朝の雰囲気に浸ることを可能にするような言葉をさがし、あてはめるのに夢中になった。

（『田辺聖子全集』第15巻 解説より）

『新源氏物語』上・中・下『霧ふかき宇治の恋』上・下

（新潮文庫）

貴公子・光源氏の愛と苦悩を描く『新源氏物語』、その息子・薫の世代の物語『霧ふかき宇治の恋』。「源氏物語」54帖の世界が、美しい現代日本語で綴られる。

田辺聖子の“オリジナル源氏”
「私本・源氏物語」シリーズ

『私本・源氏物語』(文春文庫)

『春のめざめは紫の巻 新・私本源氏』

『恋のからたち垣の巻 異本 源氏物語』

(集英社文庫)

世間では「光る君」とうたわれる、高貴なプレイボーイ・光源氏だが、従者の中年男「ヒゲの伴男」の目からみると、泣き虫で大喰らいの、まだまだ青い「ウチの大将」。リアリスト紫の姫君からは「若い者の気持ちもわからない」とさんざんな評価……。田辺聖子の批評精神とユーモアに満ちた源氏パロディシリーズ。

全集17 (抄録)

『源氏物語』をダシにして、
私は卑近でいてすこやかな庶民の知性、
というものを書いてみたかった。
そこで、光源氏の君に対する、
庶民代表として私は、
従者の、「ヒゲの伴男《ともお》」という男を配してみた。
このオッサンから光源氏の君を批判させるのである。
雅《みやび》に対する俗の鉾先《ほこさき》は無邪気なときも鋭いが、
このオッサンのように
したたかな庶民的チエに裏打ちされるともっと鋭い。
(『猫なで日記』「おちょくる」より)

様々な視点で源氏を読む
源氏エッセイ

『源氏紙風船』

(新潮文庫)

「源氏物語」に登場する布帛(きれ)や什器、セレモニー、ヒロイン紫の上、作者・紫式部……さまざまなものを手がかりにその魅力を語る。「源氏」の男たち女たちを多角的な視点でとらえた随筆。

全集15

『『源氏物語』の男たち ミスター・ゲンジの生活と意見』

(講談社文庫)

天下のプレイボーイであるミスター・光源氏と、その息子のまじめ男ミスター・夕霧、この対照的な２人に焦点をあて、男性の本質について追究したエッセイ。


『『源氏物語』男の世界』

(講談社文庫)

『『源氏物語』の男たち』のパートⅡ。女三の宮と柏木の不義の子・薫、源氏の父・桐壺院、親友・頭の中将、兄・朱雀院……さまざまなタイプの魅力的な男性がちりばめられる物語の魅力に言及。

全集15

3冊で源氏物語・宇治十帖が読める

源氏を語る

『源氏がたり』1〜3

（新潮文庫）

『新源氏物語』完結から10年経った田辺聖子が、今度は桐壺から宇治十帖までのものがたりを自ら〈語った〉。語りならではの柔らかな日本語が魅力的な新しい『源氏物語』。大阪のホテルにて、1997年から3年間、36回にわたって開かれた講座は、CDとしても新潮社から発売された。

リーガロイヤルホテルでの源氏物語の講座。

アーティストたちとのコラボレーション

目で愉しむ源氏

『絵草紙 源氏物語』（角川文庫）

絵・岡田嘉夫

『源氏たまゆら』（講談社文庫）

絵・岡田嘉夫

田辺聖子による、「源氏物語」のエッセンスともいえる文章と、『新源氏物語』連載時の挿画も担当した岡田嘉夫の美しくも妖しいイラストレーション。艶やかで贅沢な、現代の源氏物語絵巻。

『源氏・拾花《じっか》春秋 源氏物語をいける』

（文春文庫）

生花画とその解説・桑原仙溪

京都の花道家元桑原専慶流に伝わる「拾花春秋 源氏五拾四帖」をもとに、当代家元桑原仙溪が描き上げた生花図。現代に蘇った54の生花図を、田辺聖子の美しき解説とともに味わいたい。

H

【high-MISS／ハイミス】

ハイミスもの

田辺聖子の小説に多く登場する「ハイミス」のヒロインたち。
生き生きと働き、自由に恋愛をし、美味しいものを食べてお酒を飲む。
彼女たちの人生の陰影は、数々の作品で味わえる。

ハイ・ミスというのはたいへん、生きにくい。
第一、どこを見てたらいいか、わからない。
やたらなとこを見ていて、偶然その先に男がいたりすると、その男はすぐさま、
（アッ、オレに気があるのか!?）
という顔をする。その男ばかりでなく周囲もそう思う。
全然、誰にも視線を合さないようにしていると、
（おたかくとまってる。だから貰《もら》い手もないのだ）
という。
愛想よくニコヤカにしようものなら、
（男狂いだ）
というし、キッとして顔を引き緊《し》めれば、
（ヒステリーだ）
というのだ。
どないせえ、いうねん。

（『愛してよろしいですか？』より）

『愛してよろしいですか？』（集英社文庫）
34歳のＯＬ斉坂すみれは、旅先で出会ったひとまわり年下の大学生ワタルと恋におちる。若い恋人の顔色に一喜一憂する“微妙な”年ごろの女性の恋心をユーモラスに甘やかに描いたハイミス小説の代表作。

全集11

『風をください』（集英社文庫）
営業一課の斉坂すみれは泣く子も黙るやり手ＯＬ。１年半は同棲も結婚もしないと約束している10歳以上年下の恋人がいながら、素敵な中年男性に求婚されると、心は躍り……。『愛してよろしいですか？』続編。

『夢のように日は過ぎて』に登場する「たこ梅」のおでん。
ヒロインいわく“若いもんの来るトコと違うわよっ”。

『夢のように日は過ぎて』
（新潮文庫）
恋はたくさんするけれど、ひとりの人生を愉しむ術も知っている会社勤めのデザイナー芦村タヨリ、35歳。「アラヨッ」のかけ声で人生の難所を乗り越え、自家製化粧水でお肌はぴかぴか。剛気ですてきなハイミスの主人公に元気をもらえる連作長編。

全集 11

『愛の幻滅』
（講談社文庫）
年上の妻子持ちとつきあって2年、眉子は「やさしさが、百あつまったって誠実になるか！」とどなりたい本心を抱えながらも“男のやさしみを享受し”愛の変質を冷静に見つめている。ハイミスＯＬが恋の闇路の中で静かに変貌してゆくさまを描く傑作恋愛小説。

全集 10

田辺　私が三十代後半の「ハイミス」を小説の主人公にしてきたのは、一番陰影があるから。負の部分も正の部分も全部知っていて、かわいげもある。私には「負け犬」という言葉は浮かばなかったけれど、三十代後半の一人で生きている女性の生きにくさくらい、小説のテーマとして面白いものはなかったです。

酒井　当時「ハイミス」という言葉はどんなニュアンスだったんでしょうか？

田辺　いたわりがあったわね。「嫁《い》き遅れ」「嫁かず後家」なんて古めかしい言葉に代わって、ハイカラっぽくて。一人で食べていけるし生きていけるという気負いもあるし、もっといろんなことやってみるっていう進取の気性もあるし。働いている女の人は、あの頃ハイミスと言われるのはイヤじゃなかったと思いますよ。

（酒井順子・対談集『先達の御意見』〈文藝春秋〉「田辺聖子／流れのままに楽しんだらいい」より）

評伝小説

豊潤に広がる田辺文学の世界。
そのなかに屹然とそびえ立つ「評伝」小説群。

H【hyōden／評伝】

私がこれまで評伝に書いてきたのは
文学にかかわる人ばかりです。
評伝を書きたくなるのは、
その人の文学作品に対する敬愛のせいなんですね。

（「読売新聞」2001年10月13日「時代を開いた女性たち・田辺聖子さん⑦」より）

田辺聖子が敬愛してやまない文学者たちがいる。その先達の軌跡を辿り、愛を込めて書き綴った評伝小説。それらの作品は高く評価され、田辺作品に興味を示さなかった読者層を喚起した。

「ロバが口きいたと思ったんやない」（「AERA」2000年11月27日号「現代の肖像・田辺聖子」より）と田辺聖子は言う。なにごとをも笑いで包んできた田辺聖子ならではの、その一言が可笑しい。

1972年、九州・天草の與謝野鐵幹・晶子夫妻歌碑前にて。

『千すじの黒髪』を書くのは
私の文学的人生の中でも、
晴れやかで楽しい仕事であった。
私自身、晶子の詩業を敬愛し、
彼女の作品に傾倒していたから、
〈晶子まみれ〉になる時間は
私のたぐいない欣びだった。
（『田辺聖子全集』第13巻 解説より）

『千すじの黒髪
わが愛の與謝野晶子』
（文春文庫）
與謝野鐵幹をめぐり、恋の火花を散らす〈明星派〉の女流歌人たち。恋に生き、歌に生きた晶子を中心に〈明治の青春〉を謳いあげた、記念すべき初の評伝小説。

全集13

『ゆめはるか吉屋信子 秋灯《あきともし》机の上の幾山河』上・下
（朝日文庫）
大正・昭和と、あまたの読者を魅了し、絶大な人気を博した吉屋信子。その半世紀を超える文学経歴は波瀾に満ちたものであった。竹久夢二に促されての上京、生涯の伴侶・門馬千代との出会い、文壇ペン部隊での戦地体験、宇野千代ら女流作家との交流と別れ。
吉屋信子の生涯とともに、同時代を生きた女流作家たちの姿を描いたこの作品は、近代女流文学史ともいえる。

その他の評伝作品

『花衣ぬぐやまつわる…… わが愛の杉田久女』 ⇒P12

『ひねくれ一茶』 ⇒P15

『道頓堀の雨に別れて以来なり 川柳作家・岸本水府とその時代』 ⇒P81

『姥ざかり花の旅笠 小田宅子の「東路日記」』 ⇒P15

伊丹

大阪、尼崎、神戸を経て、
兵庫県伊丹市に転居してきた。
すでに在住30年。
多くの作品が、この街で生み出された。

伊丹には、「猪名野」「昆陽」など、古歌に歌われた地名も残っていて、「歌枕の土地に住んでいるのだ！」と田辺聖子を感激させた。「千年の昔に名歌によみこまれたゆかしい地名が、そのまま現代も市バスの行先表示に見られるというのはなんという喜びであろう」（「ｎｅｗあんぐる」第3号 84年秋号「伊丹まんだら」2）。１９７６年に夫婦二人で神戸から転居。はじめは阪急伊丹駅近くのマンション、しばらくして新伊丹駅近くの一軒家に移り、現在もここに住む（震災後は、宮本輝夫妻の住まいもご近所となった）。

２００６年夏には、市内の図書館「柿衞文庫」にて、全集刊行完結、田辺聖子伊丹在住30周年を記念して「ひとつきだけの田辺聖子文学館」が開かれた。

I【Itami／伊丹】

最初に住んだマンションのベランダから街を望む。

宮本　（……）ところで、よく田辺邸と宮本邸は、どっちが裏か表か訊かれるんですけど、この際はっきりさせときましょう。梅ノ木五丁目の田辺邸は六丁目のうちの裏です（笑）。

田辺　あら、私は「うちの裏にミヤモっちゃんおるよ」っていってるけど（笑）。

（「青春と読書」2004年5月号『田辺聖子全集』刊行記念特集／宮本輝氏との対談より）

1993年11月、市内の「昆陽池」にて。

『歳月切符』

（集英社文庫）

大阪の味や愛する本などについて記したエッセイ集。最終章「わが街の歳月」では、大阪・尼崎・神戸・伊丹……住んだ街それぞれへの愛着を書いている。

全集23 （「わが街の歳月」収録）

現在住む家の、四季折々に花の咲く、中庭のスケッチ。

阪神淡路大震災

J【jishin／地震】

1995年1月17日未明、阪神地方を襲った地震は、伊丹市の田辺邸も直撃した。

未明の激震で目がさめた。いや、〈地震やっ〉という夫の声に目がさめたのか。
それでも寝呆《ねぼ》けあたまの私は、この現象が地震だと気付くまで、ややあった。
たいてい、そのへんでもう地震はおさまっているのだ。
ところがいつまでも揺れはとまらない。そのうち思いきって強いのがどーんときた。
（こんなアホな……じょ、冗談じゃない。うそっ）
といいたくなる、強烈なゆさぶりで、
フライパンで煎《い》られる豆のように体は弾《はじ》けてとびあがった。
（『ナンギやけれど……』「わたしの震災記」より）

地震前夜の1月16日、老母を囲んで家族での新年会が催された。田辺聖子は、締め切りの迫った原稿もあったが、「菊池寛賞のお祝いに吉川英治夫人が贈ってくれた梅酒」に気持ちよく酔い、この夜は仕事をせずそのまま就寝した。17日未明の激震のあと、仕事部屋を覗き、驚愕する。16日の夜にいたはずの坐り机の上には、背後の重い書架が倒れこんでいた。

「もし私がそこに坐っていれば、胸なり腹なりを圧迫されるか、散乱する本に頭を打たれていたかもしれない」（『ナンギやけれど……』「わたしの震災記」）。

『ナンギやけれど……わたしの震災記』
（集英社文庫）
予期しなかった突然の大地震。自らも被災した田辺聖子は、かつて住んでいた神戸のために何かを、と、チャリティー講演会を開催。その講演録と自身が体験した震災記。

全集24

東京でのチャリティー講演会では、長男スヌーから被災ペットのための義捐金のお願いも。写真は田辺聖子自らボードを書いた義捐箱。

column J

【junior／ジュニア】

ジュニア向け

田辺聖子が世に送り出してきた作品のジャンルは多岐にわたり、幅広い読者層を獲得してきた。あまり知られてはいないが、その中にジュニア向けの作品もある。

その作品の中味は、恋愛小説、エッセイ、古典ものと、大人の読者を対象とした内容と変わるところなく、そこには絵本も加わる。

『田辺聖子全集』の刊行開始を告げる新聞広告に、田辺聖子の言葉が載っている。

〈ひらかなで考えたらええねンよ。ひらたい言葉で伝わることは、ほんまは多いから。〉

〈ひらたい言葉〉を使うには、豊富な語彙と、それを駆使できる技術が必要である。

ジュニア向けの場合にも同じことが言える。豊かな語彙と、その語彙を活用する技術がなければ、ジュニア向けの作品は書けない。

しかしそれは、〈言葉の引き出し〉をたくさん持っている田辺聖子にとって困難なことではなく、むしろ〈面白がり〉精神を発揮して取り組んでいるようにみえる。

『秋のわかれ』『まごつき一家』
『欲しがりません勝つまでは』 ⇒P92（ポプラ社）
『とりかえばや物語』（講談社）**『おちくぼ姫』** ⇒P49（平凡社）
『ふしぎなひきだし』（岡田嘉夫・画　小学館）
『ペーパードール』（宇野亜喜良・絵　TBSブリタニカ）

K【Kamoka series／カモカ・シリーズ】

カモカ・シリーズ

「おいろけ」と「おわらい」を軸に、15年にわたって書き綴られた大河エッセイ、カモカ・シリーズ。

この種のものは、女性では書きむずかしいジャンルであるので、私も、実をいうと書きはじめからそれなりに抱負があった。風流エッセイから「さわやかさ」と「おかしみ」を失ったら、それはイキのわるい魚と同じである。

（『女の長風呂Ⅱ』あとがきより）

女性向けの、品のいいエロチシズムで味つけした、ユーモラスなアダルトエッセーを、と志した。

昭和四十六年、『女の長風呂』というタイトルで、「週刊文春」に見開き二ページのエッセーを連載したが、当初三カ月の約束であったのに、それが延々、十五年に及んでしまった。

性こそ知性と情感と人生経験から得た、オトナの力わざで語られるべきもの、という認識が、私にはある。

私にとってこのシリーズは、若い日の叛逆のあかし、である。

カモカという語は、関西者、ことに大阪や神戸の人間にはすぐわかる。〈咬もうか〉の意である。

なぜ夫がカモカのおっちゃんに擬せられたかというと、連載時にイラストを頼んだ高橋孟さんが、〈ワシ、モデルなかったら描きにくいねん〉とおっしゃって、手近にいた飲み友達の夫の顔をモデルに拉してこられたからであった。

※引用文は『田辺聖子全集』第9巻 解説より

『女の長風呂』『女の長風呂Ⅱ』『イブのおくれ毛Ⅰ』
『イブのおくれ毛Ⅱ』『ああカモカのおっちゃん』
『女の気まま運転』『女の停車場』『女のハイウエイ』『芋たこ長電話』
『女の居酒屋』『女の口髭』『女の幕ノ内弁当』『女の中年かるた』
『浪花ままごと』『女のとおせんぼ』（文春文庫）

全集9（抄録）

神戸

数多くの田辺作品の舞台となった街・神戸。
昭和41年に川野純夫と結婚後、約10年間を過ごした場所でもある。

K【Kōbe／神戸】

夫・川野純夫とは、最初は別居結婚だった。平日は母と住む尼崎で仕事をし、週末のみ、神戸・山手の諏訪山の異人館で落ちあった。まもなく、「なし崩しに別居は解消され」（『楽天少女通ります』）下町の荒田町にあった川野の診療所兼自宅に居を移し、夫の家族たちと同居するようになる。猥雑なエネルギーと、ロマンチックなムード、ふたつの顔を併せ持つ神戸の魅力を愛し、多くの作品がここで生まれた。

『お目にかかれて満足です』上・下
（集英社文庫）
料理好き、手芸好きの主婦・るみ子。夫の洋とふたりで神戸・山の手の古い西洋館に暮らしている。時折訪れる洋の弟・舷は気になる存在。彼女の作るニットや小物などの作品が評判をよび、自宅を改造して自分の好きなもの・欲しいものでいっぱいのお店を開くことになる……。⇒P 69-71

全集12

神戸の友人たちとサンバを踊る。

海が望める、諏訪山の異人館にて。建物の向かって右半分が、田辺・川野家。ベランダで手をふる田辺聖子。

おっとりしているくせにモダンな気風、
さっぱりして暖い人情、
山と海を双手に擁して四季ともに美しい街だった。
元来お殿さまやお代官のいたところではないし、
外国人の住民は多いし、で、
人々は開明的で因循《いんじゅん》姑息《こそく》な気分はなかった。
そんなものは海風が吹き払ってしまうのだろう。
女性たちがことにも明るくいきいきして美しかった。
私は神戸で友人がたくさん出来、
彼ら彼女らをモデルに
長篇小説『ダンスと空想』（文春文庫）を書いたりした。

（『楽天少女通ります』より）

『ダンスと空想』
（文春文庫）
舞台は80年代初め、パーティ好きの街・神戸。デザイナーの私、ブティック経営者、ミニコミ紙編集長、ダンサーなど、生き生きと活躍するシングル女性たちのグループ「ベル・フィーユ」。その底抜けに明るく前向きな日常が描かれる。田辺聖子自身も参加した「神戸祭り」のシーンなどもふんだんに盛り込まれ、「神戸という街」が主役の長編小説。

古典案内

古典作品の読み解き、エッセイ、紀行……。
さまざまなアプローチで、
日本の古典を紹介しつづけている。

K【koten／古典】

古典エッセイの永遠のベストセラー

『文車日記 ―私の古典散歩―』
（新潮文庫）
「古事記」「万葉集」「源氏物語」「徒然草」……江戸の西鶴・一茶・馬琴、近年では若山牧水、さらには「聖書」まで。田辺聖子が愛読する幅広い“古典”の数々から、ひとりの人物について、あるいは歌について、物語について、それぞれを慈しむように読み解いた67章。70年代に刊行以来、“古典案内の入門書”としても愛され、読まれつづけている名エッセイ。

全集 22

手に取られることもなく忘れられてゆく日本の古典を、人々に紹介し、その愛すべく貴むべきを言い継ぎ、語り伝えてゆくのは、私たち文筆業者の、義務の一つと思っている。
（『楽天少女通ります』より）

昭和30年代、友人と山陰地方を旅行。古代神話ゆかりの地、出雲大社にて。

私は清少納言という女が好きで、
（もとよりそれは「枕草子」を通して見た彼女なのだけれども）
どっちかといえば紫式部より好もしい。
「枕草子」は読めば読むほど奇っ怪な、
謎だらけの本なのであるが、
それを通してなお、清少納言の存在感は大きい。

（『性分でんねん』「私の好きな清少納言」より）

清少納言への愛——小説・枕草子

『むかし・あけぼの 小説枕草子』上・下
（角川文庫）
豊かな文才がみとめられ、今をときめく中宮定子につかえた清少納言。美しく朗らかな女主人を中心とした“サロン”ともいうべき後宮では、知的な会話と教養あふれる遊びがくりひろげられる。やがて時代の権勢は、後から入内した彰子中宮の父・道長にうつり……。千年の時を経て、「枕草子」の世界をふくらませ、清少納言の人生を豊かに描いた長編小説。

読み解き、現代語訳

少女時代から愛読した古典の数々。現代ならではの愉しみ方を提示しながらやさしく読み解いてゆく。

『田辺聖子の古事記』（集英社文庫）
すべての日本文学の「出できはじめの祖」である「古事記」は、田辺聖子自らが「耽溺した」という愛読書。壮大な神話の世界を丁寧な解説を加えつつ現代語訳した。

全集 14

『田辺聖子の小倉百人一首』
（角川文庫）
日本古典の財産、「小倉百人一首」。そのひとつひとつを、それぞれの作者、背景、自らの思い出や多角的な視点も交えて丁寧に、ユーモアたっぷりに解説する。

全集 14

『歌がるた 小倉百人一首』（角川文庫）
「小倉百人一首」を、さらに解りやすく解説。もともとジュニア向けに書かれた作品を文庫化、古典の入門書に最適な１冊。

『竹取物語　伊勢物語』（集英社文庫）
日本文学の源流ともいうべき、「竹取」「伊勢」のものがたりを、明快かつ洗練された日本語で若い世代に伝える。

『田辺聖子の今昔物語』（角川文庫）
31巻から成る「今昔物語」。その膨大な説話集から、29話（主に本朝世俗篇より）を選び、現代に鮮やかに蘇らせた。

古典の花びらは時空を超えて散りまがい、
そこに書きとどめられた人生や人のすがたは、
ちりぢりになっても
永遠に読み手の胸に感動を残す。
そうして民族の伝承は著《しる》く記憶され、
民族の遺産となる。

（『花はらはら人ちりぢり』あとがきより）

書籍まわりの貝細工は、
田辺聖子手製の「貝あわせ」。
ハマグリを洗ってみがき、
ラッカーをぬって、
好きな絵を切りぬいて貼ったもの。

エッセイ

『花はらはら人ちりぢり 私の古典摘み草』
（角川文庫）

「紫式部日記」「更級日記」など平安文学から、江戸時代の黄表紙、狂歌、芭蕉の連句、また蕗谷虹児や吉屋信子……自身が愛する古典の魅力を紹介する。長谷川青澄による気品あふれる挿画も魅力。

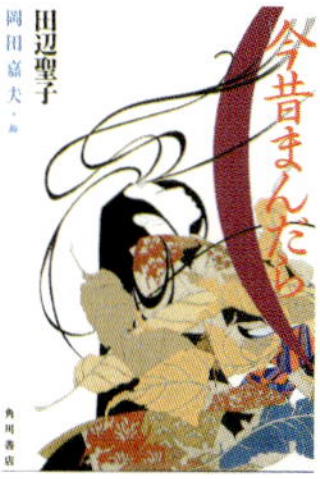

ものがたる

『今昔まんだら』（角川書店）

「今昔物語」「宇治拾遺物語」「お伽草子」などから物語を拾い、おとぎ話のようにまとめた全18話。岡田嘉夫のカラー挿画が贅沢に配された、現代の絵草紙。

『恋する罪びと』（PHP文庫）

「源氏」「伊勢」など古典の中の恋、樋口一葉たち文学者の恋、吉川英治『宮本武蔵』に描かれた恋……古今の日本文学の、「恋物語」を美しくとりだした24編。

オリジナル現代訳

『舞え舞え蝸牛 新・落窪物語』（文春文庫）

王朝版シンデレラ物語「落窪物語」。当時三流小説とみられていたこの作品を、骨格を忠実に再現しつつオリジナルのストーリーも加え、現代小説に蘇らせた。

『おちくぼ姫』（角川文庫）

「落窪物語」を若い読者のためにやわらかく書き改めた作品 ⇒P41 の文庫化。

紀行

『「おくのほそ道」を旅しよう 古典を歩く11』
（講談社文庫）

芭蕉がみちのくに旅立って300年。「奥の細道」を歩きつつ、芭蕉の人生に迫る。

『「東海道中膝栗毛」を旅しよう 古典を歩く12』（講談社文庫）

弥次さん、北さんが旅した「東海道」を、関西在住の田辺聖子が新鮮な視点で辿る。

語る

『蜻蛉日記をご一緒に』（講談社文庫）

「私が読んだ『蜻蛉日記』」というテーマの全８回の講演をもとに構成。夫との関係に悩む蜻蛉（右大将道綱の母）の心のひだと、文学的成長を読み解いた。

『古典の森へ 田辺聖子の誘う』（集英社文庫）
工藤直子との共著

古典の面白さについて田辺聖子が語り、工藤直子が書きとめた。おしゃべりをサロンで聞く気分で楽しめる作品。

古典ロマンス

古代の愛、王朝の恋――。
少女時代から愛読した古典の世界を舞台に、
数々のロマンチックな物語が創りだされた。

かほどに〈記・紀〉浸《ひた》りの少女であった私だが、
それを『隼別王子の叛乱』として
完成させるには何十年の人生、
歳月が必要であった。
何となれば、若い時代に、
隼別と女鳥は書けても、
大鷦鷯の大王と磐之媛の大后は
描けなかったからである。

（『田辺聖子全集』第4巻 解説より）

若い頃、頻繁に通った大和地方。
2005年3月、『隼別王子の叛乱』が
全集に収録されるのを機に、
30年ぶりに磐之媛命陵を訪れた。

私は人を愛しすぎた。
人を愛するにも
限度のおきてがあるのだ。
私はその限界を破って
愛しすぎた。
その罰をいま与えられている。

（『隼別王子の叛乱』〈磐之媛の大后の独白〉より）

『隼別王子の叛乱』

（中公文庫）

愛読書である「古事記」「日本書紀」に描かれた伝説から材を得て、20年もの構想・習作を経て執筆された古代ロマン長編。ヤマトの大王の思われびと女鳥（めどり）姫と、大王の弟・隼別（はやぶさわけ）王子の恋と破滅が描かれる。

全集4

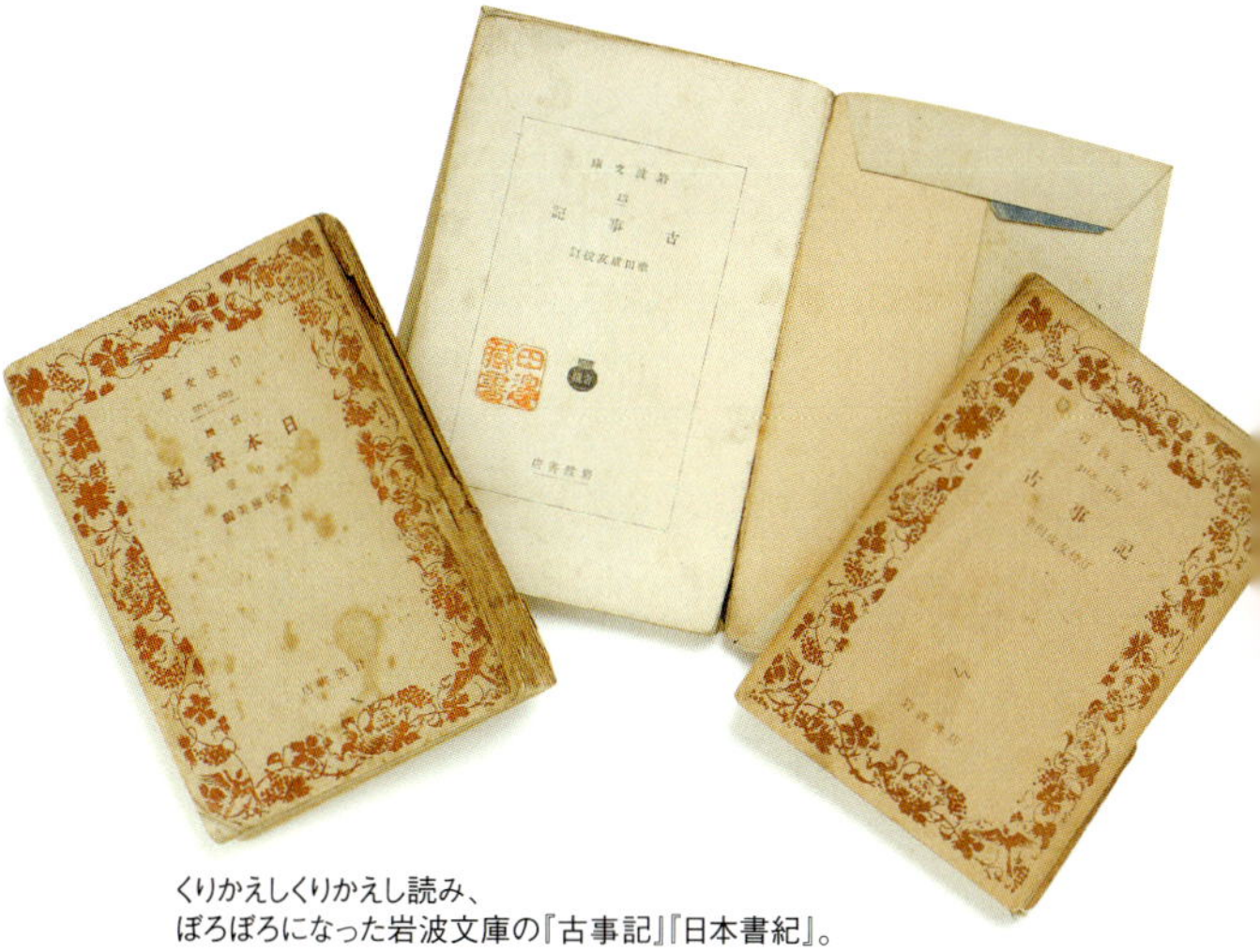

くりかえしくりかえし読み、
ぼろぼろになった岩波文庫の『古事記』『日本書紀』。

『不機嫌な恋人』

（角川文庫）

平安王朝に花開く、典雅にして傲慢な恋のかけひき……。宮廷一の美女で恋の手だれと評判の小侍従（こじじゅう）は、年下の恋人・二条の少将に夢中。その少将に最近、思い人―子持ちの未亡人―ができたらしい……。

全集4

『王朝懶夢譚』

（文春文庫）

恋する姫君・月冴は、小天狗・外道丸の力を借りて、夜の都を翔び、玉の櫛を通して異国の貴人たちや遠い東国を覗く。姫が最後に手にした本当の愛は……。王朝を舞台に繰り広げられる幻想的な冒険譚。

全集16

恋愛小説

多種多彩な田辺聖子の作品世界の中でも、「恋愛」を描いたロマンチックな小説群は、〝田辺聖子らしさ〟の真骨頂といえる。

L【love story／恋愛小説】

夢見る〈女の子〉の物語

昭和43年に連載開始された『猫も杓子も』を皮切りに、田辺聖子は、30歳前後の〈女の子〉を主人公にした恋愛小説〈夢見小説〉をたくさん紡ぎだした。ヒロインの多くはハイミス。生き生きと自立した日々を送りつつ、一方で人生の苦みをほんのり感じ……というお年頃でもある。恋愛相手は、同世代であったり、はたまた年下だったり、中年男であったり。結婚しているヒロイン（『恋にあっぷあっぷ』『お目にかかれて満足です』など）、恋人と〝共棲み〟しているヒロイン（『九時まで待って』『鏡をみてはいけません』『蝶花嬉遊図』など）たちもいるが、夫・恋人以外にも「気になる人」があらわれ（時には複数！）、主人公は物語がすすむにしたがい、さまざまなかたちに「変容」してゆく……。中でも、読者の期待にこたえて続編を書き続けた「乃里子シリーズ」では、ヒロイン乃里子の「変容」が3作品にわたって楽しめる。

〈夢見小説〉は、短編も名作揃いだ。ハイミスの迷いをユーモラスかつちょっぴり切なく描いた「見さかいもなく」、夫の心がわりを淡々と受けとめるキャリアウーマンの物語「おそすぎますか？」など、味わいの幅も広く、そして深い。（詳しくは「短編」頁で）

『猫も杓子も』→P95
夢見小説→P94-95
ハイミス→P34-35
『お目にかかれて満足です』→P44
『鏡をみてはいけません』→P72-73
『蝶花嬉遊図』→P73
乃里子シリーズ→P58-59
短編→P82~85
「見さかいもなく」（『金魚のうろこ』収録）→P83
「おそすぎますか？」（『孤独な夜のココア』収録）→P85

オトナの恋愛

田辺聖子の恋愛小説の主人公は、若い女の子ばかりではない。「オトナ」たちの恋愛を描いた作品もたくさん存在する。大人の性愛が静かな筆致で描かれる「雪の降るまで」、大人の純愛を少女の目からみた「ひなげしの家」、〝空襲メイト〟とのすれ違いを、戦後、変貌する昭和の時代を背景に描いた長編『おかあさん疲れたよ』……。また短編連作集『春情蛸の足』などに、ユーモ

「雪の降るまで」（『ジョゼと虎と魚たち』収録）→P83
「ひなげしの家」（『孤独な夜のココア』収録）→P85
『おかあさん疲れたよ』→P92
『春情蛸の足』→P75

『返事はあした』
（集英社文庫）
つきあう男によって趣味がかわる江本留々、24歳OL。恋人・孝夫はどこか冷たい。彼女が「えらばれるのは男なのだ。女は男にえらばれるように見せて、男をえらんでる」ことに気づき、真実の愛をつかむまで。うどん、おでん、松茸……登場する食べものも魅力の〈夢見小説〉。

『九時まで待って』
（集英社文庫）
31歳の蜜子は、人気上昇中の作家・浅野稀（まれ）と共棲みして５年。６畳１間のアパートから始まった２人の生活だが、稀はチャンスをつかみ、売れっ子になる。著名になるにつれ、蜜子の存在を世間に隠すようになる稀に、蜜子は知らず知らずのうちに傷つけられていき……。

全集10

『恋にあっぷあっぷ』
（集英社文庫）
アキラは夫のヒロシと結婚５年目、隣家の主人ジツ氏に好意を感じるこの頃。高級ブティックに勤め始め、そこで海亀のような容姿で優しさと威厳に満ちた男性・鷹野氏に出会う。“夫がいて恋人がいてパトロンがいる”究極の贅沢を手にした女性が最後に選択するのは……。

全集12

アたっぷりに描かれる、中年男女の余裕あふれる恋のかけひきも、一味違った恋愛小説といえるかもしれない。

古典の世界を舞台に

田辺聖子は、古代や王朝など、愛してやまない古典の世界を舞台に、オリジナルの恋愛小説を書いた（本書では「古典ロマンス」として紹介）。『隼別王子の叛乱』『不機嫌な恋人』などの情熱的でロマンチックな恋愛は、長年構想をあたため、人生経験を踏まえて執筆されたもの。現代ではない設定だからこその、大胆な人物造形や道具立ての面白さ。そのはざまに、登場人物たちの恋の純粋さが浮かび上がる。

古典ロマンス →P50-51
『隼別王子の叛乱』『不機嫌な恋人』→P51

そうなのよ、ほんとほんと。「Boy meets girl」を書きたかったの。でもそう、謳いあげる小説ってどこにもなかった、ほんとに。

（「国文学解釈と鑑賞」別冊「田辺聖子　戦後文学への新視角」インタビューより）

SPECIAL ESSAY

大人だけに許された木の実

江國香織

私は、田辺聖子さんの小説にでてくる男に魅力を感じないようでは女は駄目だ！　と言うべきなのか、田辺聖子さんの小説にでてくる男に魅力を感じてしまったら、女は身の破滅だ！　と言うべきなのか、わからない。その両方であるように思われる。

田辺さんの小説にでてくる男たちは、みんな肉体を感じさせる。それぞれに人生と個性があり、味わい深い。そして、一様に男くさい。

たとえば「うつつを抜かして」という短編小説の、主人公であり語り手でもある江川という男は、私の意見ではかなりひどいやつだ。なにしろ、妻はアホだから話が面白くない、などと考えている。だから妻とは会話ができない、と言い、江川は実際、妻に話しかけられても、「むむ……ぐぐ」としかこたえないのだ。

私はこの短編が好きで、江川という男も好きだ。現実に出会ったら、危険なほど好意を抱いてしまうはずだ。そして、こういう男を好きになったら、まちがいなく身の破滅だ。

でも――。「駄目」か「身の破滅」かしか選択肢がないのなら、後者を選んだ方が、すくなくとも人生はおもしろい。そして、田辺聖子さんの小説のおもしろさも、そこにたっぷりあるのだ。

田辺さんが、男をどのくらい魅力的に書いてしまう作家であるかは、『新源氏物語』を読むとよくわかる。様々な女たちを描いた紫式部のあの大河小説が、田辺さんの筆を経ると、男（たち）と女（たち）の壮大で濃やかな物語に、なる。光源氏をはじめ、男たちに厚みがでるのだ。

男をきちんと愛せる女。

不覚にも男など愛してしまう女。

さて、この二つに、違いがあるのだろうか。そういえば、タイトルは失念してしまったが、田辺さんの小説のなかに、「女は人に可愛がられるのが幸福なのだ、という神話を、女の子を持つ親は信じてますが、でも、女の両手はいつも可愛がるものを求めて宙にさし出されているのではないでしょうか」という一節があった。タイトルも憶えていないのに、なぜその一節だけ憶えているのかといえば、あまりにも鮮烈だったからで、私ははっとし、次にしみじみ納得し、その部分を手帖に書き写したのだった。

まったくこの世は罠だらけだ。罠だらけの、パラドクスだらけ。しかしその罠にやすやすと捕えられていく男たちと女たちの、在りようは実に興味深いのだ。

それを読む愉しみと、かなしみと。

田辺さんの小説は、大人だけに許された木の実だと思う。

1985～1986年の年末年始、
『九時まで待って』の取材でニューヨークを訪れた。

M【movie／映画】

映画に恋して

映画館は銀幕のスターたちとの逢瀬の場、そして、
甘い詩想をかきたてられる創作の泉でもあった。
なかでも特に愛したのはこのふたりの名優。

映画を見るのは、
そこに出演している俳優見たさであった。
そしてそれは、男優たちである。
私はスクリーンの男たちに恋していた。
現実に恋する機会もなく、
そんな、いい男たちもいなかった。

（『かるく一杯』「巻ずしと豚まん」より）

ジェラール・フィリップ
『肉体の悪魔』

絶望と悲哀におしつぶされ、
地獄を見てしまった若者。
ジェラールの深い表情が
忘れられない。（中略）
美男俳優はほかにも多くいる。
けれども〈深い表情〉を
表現できる俳優は少ない。

（『セピア色の映画館』「肉体の悪魔
——ジェラールはお好き？」より）

『セピア色の映画館』
（集英社文庫）
著者が愛した名画、名優を紹介。公開当時の日本、映画館の雰囲気、著者の心情も細やかに描かれ、深く映画を味わえる。

全集23

写真協力／
(財)川喜多記念映画文化財団
(2点とも)

私は三本の彼の映画を観たが、
やはり「エデンの東」が好きだった。(中略)
キャルの絶望と反抗は、
当時の世界のすべての若者が持つ気分であったかもしれない。
そしてリアルタイムでそれを観た私が四十なん年後もなお彼が好きで、
いまなお新鮮な情感を与えられるのは、
彼のポートレートが放つ〈青春のかぐわしさ〉のせいである。
(『セピア色の映画館』「ジェームズ・ディーン の栄光——青春のかぐわしさ」より)

ジェームズ・ディーン
『エデンの東』

DVD
『ジョゼと虎と魚たち』
¥4935／
アスミック(発売)、
角川エンタテインメント
(販売)

©2003「ジョゼと虎と魚たち」フィルムパートナーズ

田辺小説初の映画化！

『ジョゼと虎と魚たち』('03)

脚が悪く、乳母車で移動するジョゼとごく普通の大学生、恒夫の恋。ふたりが最高の幸せを得た瞬間とその終わりをせつなく描く。24万人の観客を動員。田辺も「(原作と)違っていたけど、よかったわ。私の小説をかなりよく読んでくださって素敵だった」(『田辺聖子全集』別巻1、小川洋子氏との対談より)と喜んだ。監督・犬童一心、脚本・渡辺あや、主演・妻夫木聡、池脇千鶴。

乃里子シリーズ

N【Noriko／乃里子】

いまや「恋愛小説の古典」ともいわれる三部作。主人公乃里子の恋愛、御曹司との結婚、離婚、再びのシングルを謳歌するまでが描かれる。

大人の恋を教えてくれる三部作

菅 聡子

　田辺聖子は、女性たちを主人公として、彼女たちの恋愛や生活を描いた現代小説を〈夢見小説〉と呼んでいる（「夢見」の頁もご参照あれ）。砂糖菓子の甘さと一緒に人生の苦味を教えてくれる、だからこそロマンティックなすてきな小説群だ。『言い寄る』『私的生活』『苺をつぶしながら』の三作は、画家で、人形作家で、キャラクターデザインもやって、という〈乃里子〉を主人公とするまさしく〈夢見小説〉。『言い寄る』では乃里子のままならぬ、それゆえに切ない恋が、『私的生活』では豪奢な結婚生活のなかで、ほんとうに自分を幸せにしてくれるものに乃里子が気づくまで、そして『苺をつぶしながら』では、ひとりで生きること、という極上の楽しみを手にした乃里子の、これからの人生がより彩りを増すだろう、そのことを予感させるモラトリアムの時間が描かれている。

　ストーリーだけからすると、直球ストライクの恋愛小説なのは『言い寄る』だけかもしれないが、よくよく考えてみると、この三作はいずれも、恋愛とは何か、ということを語っている。人を愛するということはどういうことか、そして、人から愛されるということはどういうことか。『言い寄る』のときの乃里子は三十歳、『苺をつぶしながら』では三十五歳になっている。この五年間という時間のなかで、乃里子は人を愛することから始まって、人から愛されることの意味へと思いをいたす。そして、ほんとうの自分の幸せを知るのだ。田辺聖子によると、「恋愛には批評の苦味《ビター》があってこそ、その甘味は倍加される」（『苦味《ビター》を少々』「あとがきにかえて」。再び「箴言」の頁も参照されたし）。早合点してはいけない。恋愛の「甘味」というのは、思いが通じてハッピーエンド、というものだけではないのだ。

　乃里子シリーズは、もう一段ハイレベルの、大人の恋を教えてくれる。

※夢見 →P94　箴言 →P76

『苺をつぶしながら』に登場する長崎堂の“スミスさんのオルゴール”

本の周囲にあるのは、
田辺聖子が作品中で
“夢色ボンボン”と名づけた
長崎堂のボンボン。

私は自分の書く小説の主人公すべてが
好きになる癖があるが、
わけても最も愛着と執心を寄せたのは、
『言い寄る』の、「乃里子《のりこ》」であった。

（『田辺聖子全集』第6巻　解説より）

『言い寄る』（文春文庫）
『私的生活』（講談社文庫）
『苺をつぶしながら　新・私的生活』（講談社文庫）

全集6

O【Ōsaka／大阪】

大阪生まれ・大阪育ち

田辺聖子の生まれは大阪・福島。言葉、食べもの、風土……大阪庶民文化に色濃く包まれ育った。

ネオンの広告の、大がかりなのがびっしりと連なっているエビス橋の附近は、光の滝のしぶきで染め上げられていた。（中略）不統一で雑駁《ざっぱく》な、その光と色は、下の川にものたくっていて、汚れきっている道頓堀川も夜はひどくきれいにみえる。

（『しんこ細工の猿や雉』より）

道頓堀川にかかる戎橋にて。
（「オール讀物」1984年10月号、
「名作のふるさと――しんこ細工の猿や雉」
グラビアより）

活字が好きで、新聞も雑誌もかたっぱしから読んだ子供時代。ノートに細字の万年筆で、せっせと少女小説を書き始めたのも自然な流れだった。戦火をくぐり抜け、金物問屋で働きはじめてからも書き続けた日々。そんな自分を育んできた街・大阪を舞台に生まれた自伝的小説『私の大阪八景』『しんこ細工の猿や雉《きじ》』は、作家・田辺聖子の誕生を知るための重要な作品となった。

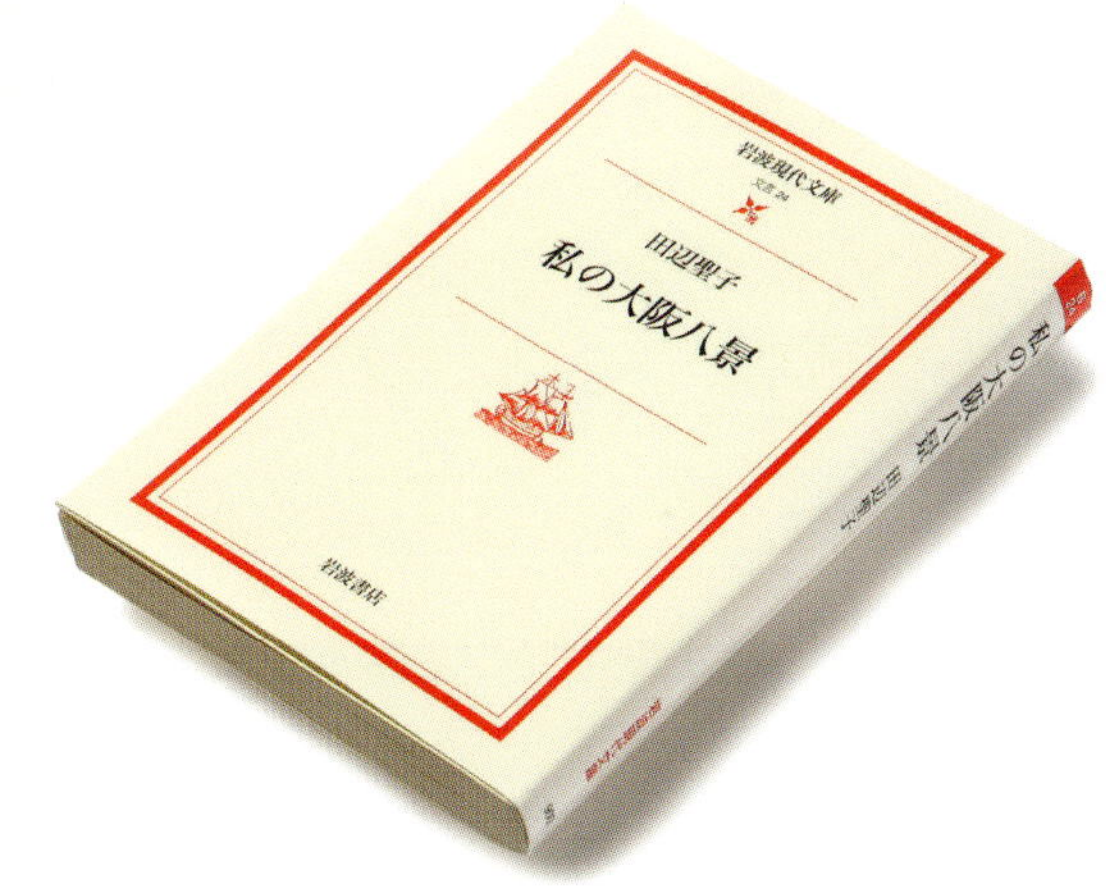

『私の大阪八景』
（岩波現代文庫）
大阪の写真屋に生まれたトキコはちょっとドジで、天然パーマの女の子。天皇陛下のためなら命もいらないと思っている。そんなトキコの小学校から終戦を迎える女学生時代までを、可笑しくも切なく綴る自伝的小説。

全集 1

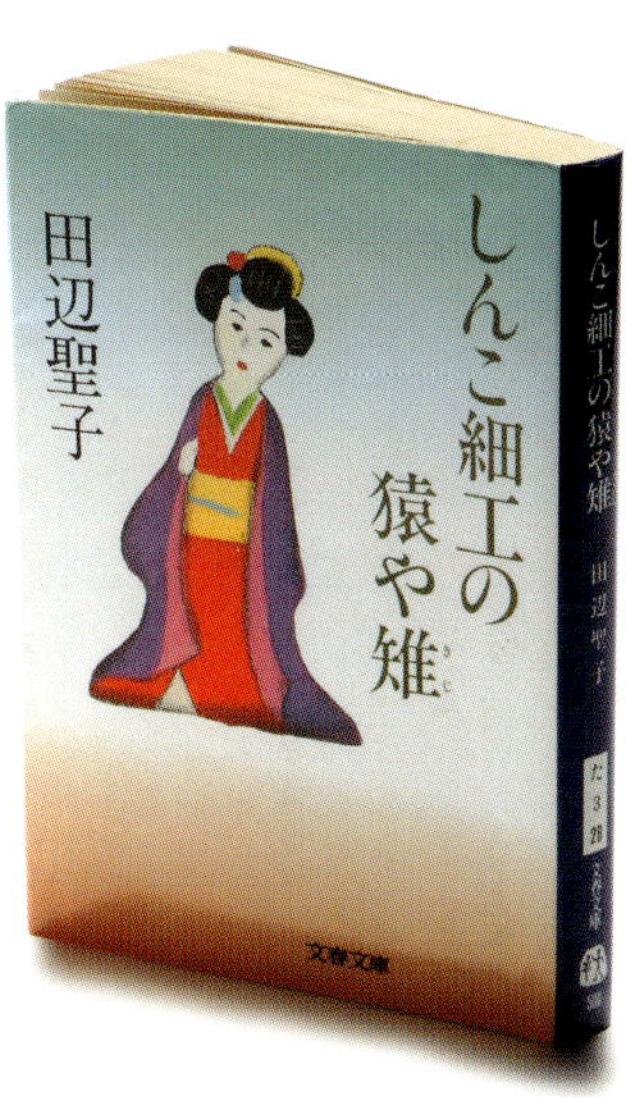

『しんこ細工の猿や雉』
（文春文庫）
女学生のころから本を書くことを夢見ていた「私」は、卒業後金物卸問屋で事務員として働き、実社会のなかで「文学修行」に勤しむ。そして昭和39年、「感傷旅行」で芥川賞を受賞するまでの、文学的自伝長編。

全集 1

もっと知りたい――大阪・兵庫・京都

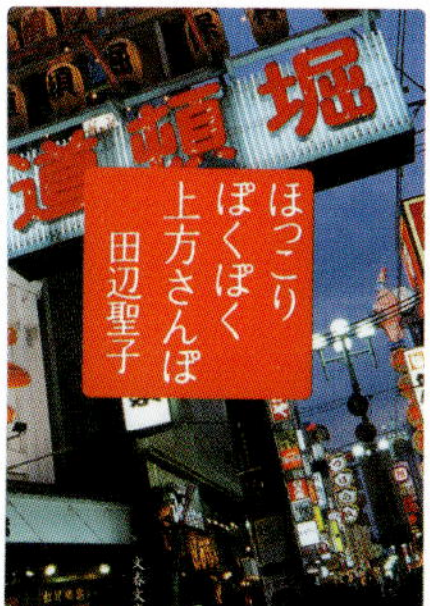

田辺聖子さんと歩く関西の旅！

『ほっこりぽくぽく上方さんぽ』
（文春文庫）
オダサクの歩いた、大阪はミナミの上町台地の坂道を登り、自由軒のライスカレーに舌鼓をうつ。浪花の適塾では若き塾生に想いを馳せ、宝塚で胸躍らせ、紀の国・熊野へ足を伸ばす。京都は島原の大門、京都御所拝観と続き、住み慣れた神戸へ。そして『隼別王子の叛乱』の舞台である奈良を経て、再び大阪へ――。足掛け5年にわたって辿る、田辺聖子による新しい上方文化・歴史案内。

O
【Ōsaka-ben／大阪弁】

大阪弁

生家の大家族の中で、勤め先で交わされた〃大阪弁〃。その愛すべき、使い慣れた言葉を以って、「大阪弁でサガンを書きたい」と田辺聖子は思った。

「けったくそ悪いのー」

「いわんわ〜」

『大阪弁おもしろ草子』
（講談社現代新書）
上方文化の伝統と風土がはぐくんだ独特の言い回しが、いまも根づよく残っている。庶民の暮しや風俗へのこまやかな観察をもとに、大阪弁のおかしさ、楽しさ、せつなさを生き生きと描きだす快著。

全集15

「ああしんど……」

『大阪弁ちゃらんぽらん』
（中公文庫）
あほ、すかたん、チョネチョネなど、大阪弁独特の言い回しをとりあげ、庶民の心と生活感覚あふれるニュアンスを、絶妙の語り口で示す。終戦から現代までの、大阪弁の雰囲気を伝える好エッセイ。

全集15

イキのいい大阪弁がとびかっていた
金物問屋に勤めていた頃。（1950年頃）

私が小説を書きはじめた昭和二十年・三十年代は、
文壇でも一般社会でも大阪弁は市民権がなく、
偏見の風当りは強かった。（中略）
ことに〈恋愛小説を大阪弁では書けない〉という声があった。
私は不思議でならなかった。
大阪の若い者だって恋をする。
恋をするときだけ、
東京弁（標準語や共通語という言葉が
社会に浸透するまでは、
大阪人は〝東京弁〟と呼んでいた）を使うのであろうか。
そう咄嗟に東京弁が出るであろうかとおかしかった。

（「大阪春秋」2000年12月19日 第101号 「小説と大阪弁」より）

「よう

column P

【pet／ペット】

愛するペットたち

右／ポパイはなかなか名前を覚えてもらえず、
川野氏にも時折「プライド」「スパイ」などと呼ばれていた。
左／あまりにおとなしいので、時折ぬいぐるみに間違えられるマルちゃん。

田辺聖子の生家には、昭和10年代から犬がいた。名前は代々ポパイ。結婚後、初めて犬を飼ったのは1987年。馴染みの料理店「遠山」から譲り受けた仔犬は、その名もポパイ。「コロコロ太りの雑種で、毛はフサフサと茶色、チャウチャウに似た顔立ちで、目は小さい」「やんちゃ・跳ねっかえり・ケンカ好きは、近隣のおうちにも知れわたっていた」（『天窓に雀のあしあと』）。なかなか手ごわい性格であったポパイは「猫又」ならぬ「犬又」というあだ名まで頂戴し、享年4歳で死去。

その後、しばらく動物を飼う気がしなかった、という田辺だが、夫・川野氏の死後（平成14年）、トイプードルのマルグリット嬢（通称マルちゃん）を迎える。「おっちゃんはペットみたいなもんだったから、淋しくなってねえ。それで犬でも飼おうということになったんです」（『田辺聖子全集』別巻1 江國香織氏との対談「瞬景の小宇宙」）。マルちゃんは可憐で人懐こく、家族にはもちろん、来客たちにも愛されているアイドルだ。

私の場合は、平易な表現、というのを心がけているので、
タイトルもそうありたい。
すると、いきおい平仮名が多くなる。
『すべってころんで』や『夕ごはんたべた？』や
『朝ごはんぬき？』や『愛してよろしいですか？』や
『中年ちゃらんぽらん』『窓を開けますか？』などであるが、
あまりに日常次元であると、かえっておぼえられにくいのか、
まともにいわれることは少ない。
『夕ごはんたべた？』は、夕ごはんまだ？ とか、夕ごはんのあとで、
とかおぼえられ、『窓を開けますか？』は、窓をあけて下さい、
窓をあけましょうか、などといわれる。

（『猫なで日記』「タイトルについて」より）

column Q
【question mark／疑問符】

？のつくタイトル

『愛してよろしいですか？』『夕ごはんたべた？』『朝ごはんぬき？』『窓を開けますか？』『オムライスはお好き？』などなど……田辺作品には「？」のつくタイトルが少なからずある。恋人へ向けて、あるいは家族に向けて……日常会話から抜き出されたようなタイトルは、やわらかな日本語で書かれた田辺作品にしっくりと馴染んでいる。

？つきタイトルの作品の数々。
『愛してよろしいですか？』（集英社）⇒P34、『窓を開けますか？』（新潮社）⇒P95、
下町の医者・吉水三太郎と玉子の中年夫婦が主人公の『夕ごはんたべた？』（新潮文庫）、
人気女流作家の秘書ハイミス・マリ子のユーモアあふれる日々を描く『朝ごはんぬき？』（新潮文庫）などの
長編小説。短編小説には、『オムライスはお好き？』（集英社文庫）の表題作（これは、卵料理が
大好きな中年男の話）はじめ、「おそすぎますか？」（『孤独な夜のココア』収録 ⇒P85）、
「いま何時？」（新潮文庫『三十すぎのぼたん雪』収録）など。

田辺聖子と料理

R【recipe／レシピ】

食文化豊かな大阪に育ち、
自身も美味しいもの（食べ物、酒）を
愛する。
食を堪能することは、
人生を愉しむこと。
小説の中でも
巧みな料理の描写が光る。

私は小説の中に、
わりにたべるシーンをよく入れるが、
これは「ただごと」小説では
食事は重要な要素だからである。
たべものは人の心と心をむすびつけ、
愛を交すに大きい力をもつ。
（『猫なで日記』「仕事と環境」より）

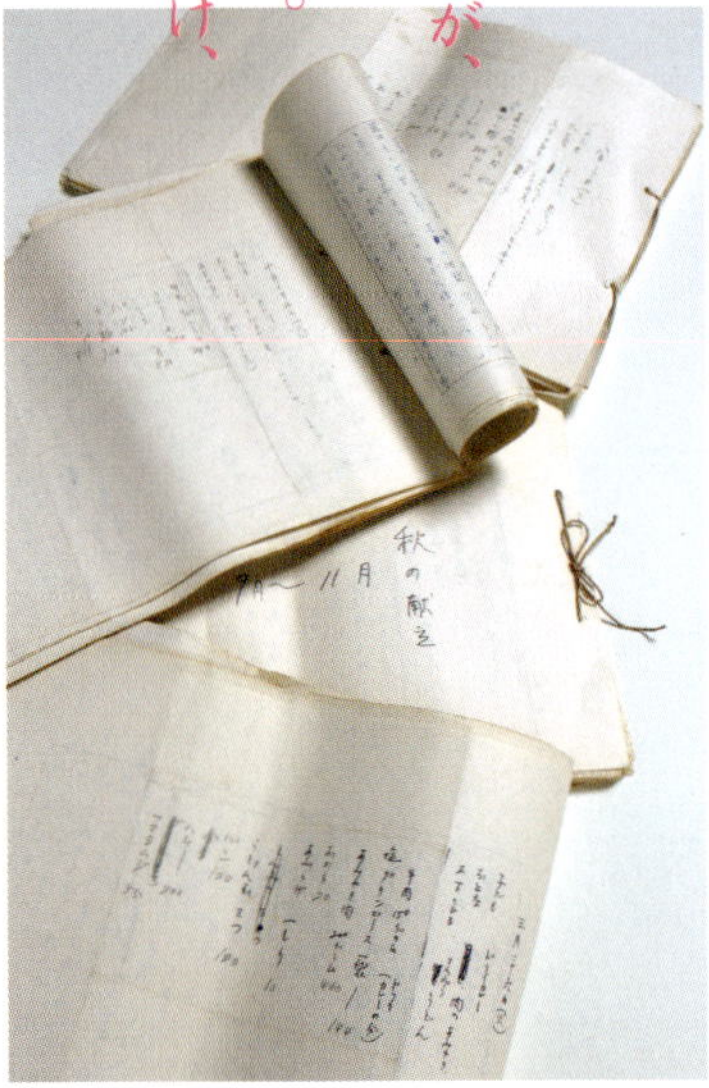

結婚・子育て時代～神戸時代の献立表
神戸で、夫の家族たちと暮らした時代、猛烈な量の執筆をこなしつつ、夕方になると着物に着替え、割烹着をつけて、食べ盛りの子どもたちのために料理を作った。献立は晩酌をする大人と子どもたちは違うときが多く、お手伝いの人への詳細なメモが必要だった。写真は、原稿用紙の反古（ほご）の裏に、献立とその日の買い物を記録したもの。

常備菜
塩昆布、佃煮、梅干……といった常備菜は、田辺聖子の食卓に欠かせない。朝昼晩の食事に、ご飯の伴として、夜の晩酌時には酒のアテにもなる。

『田辺聖子の味三昧』
（講談社）
田辺作品に登場する料理のレシピから田辺家の酒の肴までを紹介。

基本的には、18時には筆をおいて晩酌。
焼酎も日本酒もビールも飲むが、今夜は梅酒を氷と水で割って。

今夜は牛カツだというと、
若い衆は空腹にしてしっかり食べようというので、
交《かわ》りばんこに堂島大橋までランニングしたという。
（『田辺写真館が見た〝昭和〟』『田辺写真館《スタジオ・タナベ》・花の六人衆』より）

田辺写真館の味〜牛カツ
多くの家族、従業員が住んでいた田辺写真館は、祖父母たちの〈美味しいもん食べささな、ヒトは動（いの）いてくれはらしまへん〉という方針もあり、皆が同じものを食べ、当時では比較的豊かといえる食卓であった。月に何回かは洋食の日があり、牛カツもよく登場したメニュー。
『田辺写真館が見た“昭和”』⇒P78

recipe
牛カツ
1　牛肉（ステーキ用サーロインなど）を用意、小麦粉をまぶす。
2　卵を溶き、塩こしょうして混ぜる（肉に直接塩こしょうするより、味がまんべんなくつく）。
3　1の肉を2の卵にくぐらせ、パン粉をつけてこんがりと揚げる。
4　千切りキャベツ、粉ふきいもを添えて。好みでソースをかけて食べる。
☆粉ふきいもは、じゃがいもの皮をむき、適当に切って塩湯がきする。火が通っても少し余分に湯がき、ざるに上げてその中で跳ねあげる。味をみて足りないようだったら塩を振る。好みで、こしょうをかけても。また、湯がきあげたじゃがいもをフライパンでバター炒めしても美味しい。

※p67〜p74の料理は、
田辺聖子の作品や
著者への取材をもとにして、
料理店「遠山」が
アレンジを加えて
作ったものです。

だしの味

川上弘美

だしをとる、ということについて、ときどき考える。

だしをとるのは、少しばかり、手間がかかる。こぶを水にひたしておいて。そのままそれを火にかけて。ふっとうする直前にこぶをひきあげて、かつぶしをたっぷり入れて。またしばらくしたら火をとめて漉して。いりこでだしをとることもあるし。しいたけの時も。とりガラを煮るときには、ガラだけじゃなく、ちょっと身のついた骨なんかも入れるといい。干しエビを一時間くらい水につけて戻した、そのスープもいいだしになる。野菜をよく煮て出てくるだし、というのも、おつなものだ。

とまあ、そのようなことを、うっとりと思えるのは、気力の充実しているときだ。

毎日わたしはご飯を作るという境遇にある（よその人が作ってくれたり外に食べに行ったり、という機会はほとんどない）ので、どうしても「だし」は必要になる。でも、気力の充実していないときには、だしなんて、ぜんぜんとりたくない。いわゆるきちんとした「こぶだし」「かつおだし」はもちろんのこと、ただ水につけておけばいいだけのしいたけや干しエビのおつゆだって、用意する気にならない。

田辺さんの本には、たくさんの「だし」を使った料理がでてくる。『お目にかかれて満足です』のるみ子の作る、高野豆腐や切干し大根。『返事はあした』の江本ルルが必死に工夫する、きつねうどんのだし。『恋にあっぷあっぷ』のアキラのたきあわせる、鯛の子と蕗。

それぞれの女の子たちの料理は、とてもおいしそうだ。材料が格別にいいから、とか、目新しい調理法だから、とか、盛りつけが華やかだから、というのではなしに、その料理のだしをひく手が、たいそうたいそう丁寧だから、とてもおいしそうなのだ。

だしのとりかたが丁寧かどうか、実際には小説の中に克明に書いてあるわけではない。けれどそちこちにある、きれはしのような言葉——「コトコトと煮きあげ」「ふっくらして、大きくほとびて」「家じゅうにうすら甘い大根の匂いがひろがる」「うるめいわしでまずだしをとり、そのあと、昆布とたっぷりのかつおぶし」「お塩をここでまんべんなく振るのですが」——それらが、女の子たちが台所でどんなふうに動いているか、どんなふうに菜箸を使っているか、どんなふうに火加減をしているかを、想像させる。

ところで、気力が充実していないと、だしもとりたくなくなるが、文章だって、あんまり書きたくなくなる。

だしをとりたくないときには、インスタントだしを使う。顆粒になったもの。粉になったもの。袋に入っていて、煮物をするときに、そのままおつゆに入れておけばいいもの。

ぜんたいに味が濃くて、ゆきとどいていて、でもそれだけにちょっと、おせっかいな感じのする味なのが、インスタントだしだ。悪くは、ない。でも、なんというか、こちらの介入する隙がどんどん少なくなる感じがある。お醤油やみりんを、インスタントのだし投入後に使うと、かゆいところに手が届かないような。料理に、そのままずっとお醤油やみりんがしみこむのではなく、一手か二手、自分で思っていなかった先まで行ってしまう、または後退する、ような。

　文章を書きたくないときも、インスタント文章の素を使えば楽なのだけれど、そこはどうにかがんばって、使わないようにする。気力が戻ってくるまで、我慢して待つ。わたしなどは、気力が戻るのにいやに時間がかかる――すなわちだらだら怠けている時間が多い――けれど、田辺さんはいつも気力が充実していらして、ぜんぜんインスタント文章の素なんて使わず、しっかりだしをとった文章を丁寧に作りつづけ、そのおいしくて芳醇な作品を、次から次へわたしたち読者へ送り出しつづけて下さってきたわけだ。

　どうしてそんなことができるんだろう!

心底、びっくりする。なぜなら、「いつも気力が充実して」なんて簡単に書いたけれど、ほんとうはそんなこと、あり得ないからだ。書きつづけていれば、疲れる。書くだけではない、日々の雑多な用件も山のようにある。体も気持ちも、いつも働いている。ふつうに

舷が酒をグラスにそそぎ、氷を冷蔵庫からとり出してぶちこみ、
ガラガラゆすっている。
そうするうち、舷の言葉も声も柔かくなってくる。
それはまるで高野豆腐を熱湯に漬けてほとびさせるのに似ている。
最初に水に漬けたら、
あと、熱湯にいくら漬け直しても、もうだめである。

（『お目にかかれて満足です』より）

（レシピは71頁）

小説を書くひとよりも、たぶん田辺さんは忙しい。それなのに、田辺さんは小説のためのだしを必ずたっぷりとって、それも同じだしではなく、昆布の次はいりこ、その次は大きな魚のあら、干しあわびの時もあるし、とんこつで脂がぎらぎら浮いているのにさっぱり、なんていう時もある、それらを惜しげもなく味わわせて下さる。

『猫なで日記』に、こんな文章があった。「たべものは、これは自分で作ったり試みたり、実際に味わったり、したものを書かないと迫力が出ない」

それはもちろん、たべものだけではなく、小説の中のあらゆるものがそうなのだ。物語の状況は、「実際にあった」ものでなくともいいけれど、その中にある「感じ」は、実際に作者が味わったり深く考えつくしたりしたものでないと、いけない。田辺さんは、ご自身では絶対にそんなふうにお書きにならないけれど、どれだけ多くのことを考え学び経験なさってきたことだろう。

同じ本の中には、「何にせよ『舌が肥える』ということは大事」ともある。田辺さんの小説の中のたべものはたいそうおいしそうだけれど、それだけではない、あらゆる場面がおいしそうでつややかで汁たっぷりなのは、田辺さんの、生きるということそのものに対して肥えた舌と、そして気力をいつも充実させることのできる強い心があるからなのだ。その気力を保つのには、いったいどれだけの胆力を必要とすることだろうと思うと、ため息をつくほかない。

インスタント文章の素を使って書いた、底にあくの残るくどい味の文章と、きちんとだしの効いた田辺さんの柔らかく滋味ある文章。それらがまるで違うことを読者はよく知っていて、手間をいとわずおいしいものを作る気持ちのいいお店にお客が集まるように、田辺さんの文章にむらがってゆくのである。

「おにぎりは俵型にする？　三角？」
「どっちでもいい。おまかせ」
「それはいけませんよ。内閣総理大臣を誰にするか、
という問題ならどっちでもいいけど、お弁当のおにぎりを、
俵に結ぶか三角に結ぶか、というのは重大問題ですから」
「そうですな、では俵型」
（『お目にかかれて満足です』より）

recipe
俵型おにぎり

『お目にかかれて満足です』のるみ子、『愛してよろしいですか？』のすみれも作る「おにぎり」。今日は俵型で。

1　数種類の具を用意。茶碗などにご飯を入れ、具を入れて混ぜる（具は１種類、あるいは２種類以上組み合わせても）。握る前に味をみて、ご飯の塩加減を調整する。
2　１のご飯を手にとって最初は丸く握り、それから長くなるように軽く押さえながら楕円形に整える。仕上げに、両端を茶碗の底で少し押さえるときれいな俵型になる。
☆具のバリエーションは、以下を参考に。ゆかり／黒ごま／白ごま／刻んだ高菜／刻んだカリカリ梅干／鮭を焼いてほぐしたもの／焼きたらこをほぐしたもの
☆とろろ昆布・海苔を、握ったあとにくるりと巻いても。
☆高菜で巻く場合は、高菜の漬物を水につけ塩抜きする。葉っぱのところだけ切り取り、醤油とみりん少々で味をつけ、固く絞って白飯のおにぎりに巻く。
3　葉蘭を使ってきれいに盛り付け、好みの漬物をたっぷり添える。

recipe（69頁写真）

高野豆腐の煮もの

1　高野豆腐（乾燥したもの、２枚）を50〜60度のお湯で軟らかくなるまで戻し、十分に戻ったら水に漬け、掌で押して白い汁を出す。これを４〜5回繰り返す。

2　だし汁（カップ３、かつお節と昆布でとったもの。以下同じ）に調味料（砂糖大さじ２1/2〜３、薄口醤油小さじ１、塩小さじ1/2〜1）を加えて沸騰させ、そこによく水分を絞った高野豆腐を入れ、沸騰したらとろ火で30分煮る。

☆高野豆腐をもどす時間、お湯の温度などは、商品によっても違うのでパッケージの表示を参考に。熱いお湯でもどすのが「るみ子流」だが、最近は低い温度でもどせるものや、もどさずそのまま煮てしまうタイプのものもある。

干ししいたけの含め煮

1　干ししいたけ（中8〜10個）は水で（急ぐときはぬるま湯で）よく戻す。

2　やわらかくなったら石づきを取り、鍋にだし汁３カップ（うち半分は戻し汁）酒大さじ２、砂糖大さじ２を加え煮る。煮ながら、あくを丁寧にすくい取る。

3　煮汁が半分になったら、濃口醤油を大さじ2〜3（好みで調整）入れ、煮汁がなくなったらみりん大さじ１を入れ、煎りあげる（綺麗な艶がでる）。

☆高野豆腐を煮た残りの汁を利用することもできる。その場合醤油は控えめに。

☆菊菜の根を切り、よく水洗いして、沸騰したお湯に塩ひとつまみ入れた中にさっと潜らし、水に漬けて冷やす。適当に切ってよく絞り、薄口醤油、みりん少々で味付けする。すり生姜を混ぜても美味しい。型抜きし、塩で湯がいたにんじんと一緒に高野豆腐の煮もの、しいたけの含め煮に添える。

※『**お目にかかれて満足です**』⇒P 44
『**愛してよろしいですか？**』⇒P 34

共棲みの味

ふたりで食べる朝ごはんと、
夜食にも美味しいお茶漬け。

recipe
野百合さんふう、ある日の朝ごはん

干し鯵ごはん
鯵の干物を焼いてほぐし、わかめをあぶって揉み細かくする。青じそは千切りに。これらと白ごまを炊きたてのご飯にさっくりと混ぜる。(ほぐすときに小骨を入れないように注意)

けんちん汁
1　ごぼうはささがきにして水にさらし、あく抜きする。
2　大根とにんじんは短冊切りに、1と一緒に湯がく。
3　木綿豆腐は拍子木に切る。
4　小芋は拍子木に切り、湯がいておく。
5　2～4をオリーブオイルでさっと炒め、だし汁(カップ4)を加え、あくを取りながら少し煮る。薄口醤油大さじ2で味付けし、味をみて薄いようだったら塩で調整する。
6　水大さじ4、片栗粉大さじ1をよく溶き、沸騰した5の汁にゆっくり入れてとろみをつける。(硬さは好みによって、水溶き片栗粉を入れるときに調整)

葱入り卵焼き
1　青ネギを小口に刻み、割りほぐした卵に入れて混ぜる。塩を少々入れる。
2　卵焼き器、またはフライパンにサラダ油をひき、よく熱して1の1/3を流し入れる。半熟状態になったら、箸で向こう側から手前に巻く。
3　巻き終えたら向こう側にスライドさせ、あいたところに油を塗り、残りの卵汁を同じように2度に分けて流し入れ、巻く。
4　巻き簀にとり、形をととのえて食べやすく切り、紅しょうがを添える。好みで食べるときに醤油をかける。
☆卵焼きの味付けは、塩のかわりに醤油少々でも。(野百合さんの場合は醤油)

「あたし、宵太をはなしたくないっ」

「あんた、他人やないの。

他人が口出し、せんといてっ」

頼子が鋭くいった。

ちょっとの間、一座はしんとしたが、
すぐ、律が平静な声でいった。

「他人やない」

「…………」

「いっしょに朝めし食うてる仲の人間は
他人やない」


(『鏡をみてはいけません』より)

二人とも先を争って食べた。
鮒は皮も身も腹子も、
とろりと柔らかくなっており、
ほんの少しばかりのなれずしの匂いが、
のりや青じその匂いとよくこなれて、
この上ないふしぎな美味《おい》しさである。

(『蝶花嬉遊図』より)

『鏡をみてはいけません』

(集英社文庫)

絵本作家の野百合は、小学生の息子を持ち、「朝ごはん」を何よりも大事にしている律と暮らし始める。鰈の煮付け、漬物、塩こんぶ……おいしい“朝ごはん”がもう一人の主役の、恋愛長編小説。

recipe

鮒寿司のお茶漬け

1　蓋付きのご飯茶碗を用意、あつあつのご飯を盛り、上に薄く切った鮒ずし(ご飯1杯で3～4切れ) をのせる。

2　まわりに花かつお、刻み海苔、白いりごま、おろしわさび、青じその千切り、とろろ昆布などを少しずつのせる。

3　塩と醤油を少し振り入れ、熱いほうじ茶を上からかけて蓋をし(蓋がない場合は皿などで代用)、ちょっと蒸らしてからいただく。

『蝶花嬉遊図』

(ちくま文庫)

33歳の脚本家・モリは、妻子ある50男レオと共棲みして3年。美味しい食事に白いピアノ、幻の王朝小説……。ふたりだけの夢のように幸福な日々の中に、少しずつ不安が入り込んでくる……。

全集16

recipe
関西風すきやき

1　すきやき用牛肉、白ネギ、青ネギ、糸こんにゃく（下ゆでする）、焼き豆腐、松茸、それぞれを食べやすい大きさに切る。焼き麩は水でもどす。
2　鉄鍋は充分に焼き（煙が出るほど）、ヘットをなじませ、牛肉を入れて少し焦げ目がつくように炒める。次に白ネギを入れて炒め、全体に砂糖、醤油を加え味付ける。
3　糸こんにゃくを入れ炒める。だし汁を全体に加えながら味を調整する。
4　焼き豆腐、麩、松茸、青ネギを入れる。
5　煮えたら、好みで溶き卵をつけて食べる。
☆このあとも、適宜材料を入れ、砂糖・醤油・だし汁で調理しながら食べる。
あるいは、割下（だし汁7に対し、みりん1、濃口醤油1、砂糖$1\frac{1}{2}$～2の割合）を作っておき、材料に応じて加えるとより簡単。

すきやきめし

「昨日の残り」のすきやき鍋を弱めの中火にかけ、鍋に残った材料の分量に合わせお湯をそそぎ、鍋にこびり付いた部分を杓子でよくほぐし、ご飯を入れる。ご飯が汁気を吸うように混ぜる。

大阪の味

エッセイ、小説にでてくる
〝大阪の味〟代表といえば、
関西風すきやきと、きつねうどん。

鶴治は鍋の旨《うま》い汁をたっぷり吸わせて
いりつけた御飯を皿に盛った。
葱のきれっぱし、肉のひときれ、
麩や豆腐の具が適当に入って、
申し分ないすきやきめしであった。

（『春情蛸の足』「人情すきやき譚《たん》」より）

そのまったりしたお汁に、
しこしこしたうどん、
座蒲団ほどもある油揚げを、
ふんわりと甘からく煮て入れたもの、
「きつねうどん」の美味しさを思うと、
私は忸怩《じくじ》として頭を垂れてしまう。

（『歳月切符』「お好み焼ときつねうどん」より）

『春情蛸の足』
（ちくま文庫）
おでん、すきやき、たこやき、お好み焼き、きつねうどん……大阪ならではの味をテーマに、中年男女のときめきや悲哀をユーモアたっぷりに描く短編８作品。

全集5（「春情蛸の足」「人情すきやき譚」「当世てっちり事情」収録）

箴言《アフォリズム》、ことに恋愛の

S【shingen／箴言】

アフォリズムとは、「人生についての短いいましめ、教訓を含んだ短い言葉」のこと。田辺文学には「人生」「家族」「老い」などについて、数々の箴言が宝物のように潜んでいる。ことに「恋愛」に関しては、深く心にしみいるものばかり。

私の場合、男にたよってよりすがろうとするのは愛とは思えなかった。少くとも、それは「愛されること」ではあろうけれど「愛する」ことじゃないのだ。

（『お目にかかれて満足です』より）

この短い文章から、〈こんなことを思いつくって、どんな成りゆきで、そう思ったのだろう〉と、いろんな想像をたくましくして頂くのも、興あることかもしれない。寄せては返す波が、浜辺へ残していった小さい貝殻のかずかず。美しい桜貝もあれば形のかわった巻貝もある……という感じで、人生の浜辺での言葉の貝拾いを、おたのしみ下さい。

（『人生の甘美なしたたり』より）

『人生の甘美なしたたり』
（角川文庫）
「人生、エエとこ取りでよい」「不眠ふきげん、けがのもと」など、端的でユーモアもたっぷりな箴言が並ぶ。

『苦味《ビター》を少々 399のアフォリズム』
（集英社文庫）
恋愛、家庭、人生を楽しむための箴言集。著者ならではの批判精神＝苦味が加わっていて、より胸に響く。

幸福は一人暮らしにしか、
ないのかもしれない。
女（あるいは男）と、
いつまでも仲よくしようとすると、
追いつめてはいけない。

（『私的生活』より）

※引用文はすべて
『苦味を少々 399のアフォリズム』より

一緒に笑うことが
恋のはじまりなら、
弁解《いいわけ》は
恋の終りの暗示だった。

（『窓を開けますか？』より）

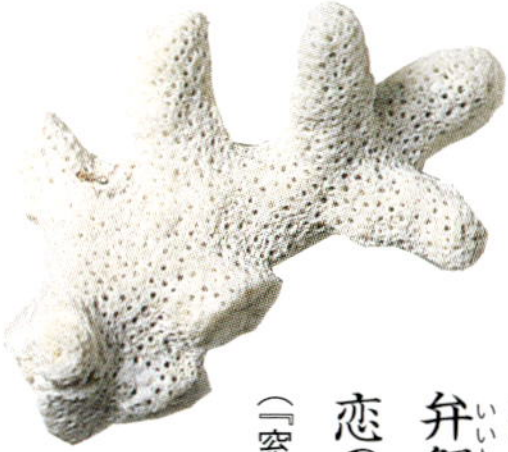

男と女の仲、長く続かせようと思うなら、
会うたびに、いつ寝てもいい、というような、
ふわふわした、やわらかい、
やさしい気分でいなければダメなのである。
ふたりが、一緒にご馳走をたべるような気持で、
お互いに顔を見合せてにっこりして、
何年でも見とれているような、
どこへまず唇をつけようかというような
視線を交わしあう、
そういう仲でいなくてはいけない。

（『休暇は終った』より）

男と女の仲というのはこれは、
どちらかが無理にでも絆を結ばないと、
しぜんにほどけてゆく、
はかないものである。

（『おやすみ』より）

『おせい＆カモカの昭和愛惜』
（文春新書）
昭和という時代を愛した著者による人生のヒント集。とくにカモカのおっちゃんにまつわる箴言は心温まる。

S【Studio Tanabe／田辺写真館】

生家・田辺写真館

田辺聖子の生家は、大阪・福島の「田辺写真館」。
モダンな空気の中、大家族たちに囲まれ、のびのび育った。

写真館は戦前、どこも盛業であった。
カメラの普及しない頃、人々はお正月といっては写し、
入学・卒業といっては写しにきた。
結婚式・葬式、
その他、人の寄るときは写真師が呼ばれた。
お見合写真の需要も多かった。
昭和十二年に日支事変
（日中戦争のことを当時はそういった）が
勃《ぼっ》発《ぱつ》すると出征・入営の写真も多くなった。

（『楽天少女通ります』より）

1

2

『田辺写真館が見た"昭和"』

（文藝春秋）

田辺写真館は昭和20年６月の大阪大空襲で焼失する。20年近くにわたり、そのスタジオで撮影された作品の多くも失われたが、運良く焼失を免れた写真、また親戚などに贈られていた写真が戦後手元に残った。その写真が語る時代――ハイカラな戦前の関西文化、大家族での暮らし、戦争――について田辺聖子が書き記した大阪庶民の昭和史、ともいえる作品。

3

田辺写真館は、祖父・美男が明治38年に創業、昭和初めに大阪・福島の市電通りに念願のスタジオを建築した。ハイカラな父・貫一も写真師として働いていた。写真館は、田辺聖子、両親、弟妹、曾祖母、祖父母、叔父叔母たち、住み込みの写真館の従業員や女子衆さん――20人以上の人々が暮らす、賑やかな家だった。
1　昭和初め、建築中の田辺写真館。店の前の道では市電の敷設工事中。
2　生後78日めの田辺聖子。
3　１歳半。両親と出かけた奈良公園にて、母と。
4　昭和７年頃。人形を抱えて弟妹と。
5　４歳、銘仙のお対を着て、弟と。
6　昭和８年の１月頃、両親、弟妹と。
7　昭和11年正月。新調してもらった羽織を着て。
8　昭和11年、小学３年生の旧暦のひな祭り。弟妹と。
9　小学５年生ごろの夏。従業員の応召祝いでの田辺聖子（左）。祖父、曾祖母、父、叔母たちと。食卓にはビールと牛カツ。⇒P 67
10　昭和19年、樟蔭女子専門学校入試写真。

5

4

6

7

10

9

8

川柳

江戸の世から、庶民の文芸として脈々と
受け継がれてきた〈川柳〉。
そんな〈川柳〉に、
飽くことない情熱と愛情をそそいで紡いだ珠玉の川柳書。

S【senryū／川柳】

下品な笑いは俗耳に入りやすい。
反対に高尚で目新しい文学も、
人を圧倒する力を持つ。
そのどちらにも偏らないで、
人間への優しさと洞察力に裏打ちされた川柳は、
実は作るのがとても難しく、
評価しにくい文芸なのかもしれません。

（「読売新聞」夕刊１９９９年２月５日「読売文学賞の人」より）

書斎風景。岸本水府の自筆の句「恋せよとうす桃いろの花がさく」を染め抜いた手拭いが飾られている。

『道頓堀の雨に別れて以来なり 川柳作家・岸本水府とその時代』上・中・下
（中公文庫）
大阪にある日本最大の川柳結社「番傘」を率いた岸本水府。また、福助足袋やグリコの優れた宣伝コピーをてがけた、コピーライターの先駆けでもあった水府。そんな水府とともに、〈川柳〉を〈文学〉たらしめようと命懸けで闘った川柳作家たち。明治・大正・昭和と激動の時代を辿り、膨大な資料をもとに描きだした、貴重な近代川柳史ともいえる渾身の作品。

全集19 全集20

川柳がただしく理解され、
なおこののちも
人々に愛されてほしいと
ねがうのみ。
川柳はわれら庶民の、
いのちの滴りなれば。

（『田辺聖子全集』第19巻 解説より）

「古典川柳」と「現代川柳」を楽しく読み解いた川柳ファン必読の書

『古川柳おちぼひろい』（講談社文庫）
『武玉川・とくとく清水 古川柳の世界』（岩波新書）
全集18

『川柳でんでん太鼓』（講談社文庫）

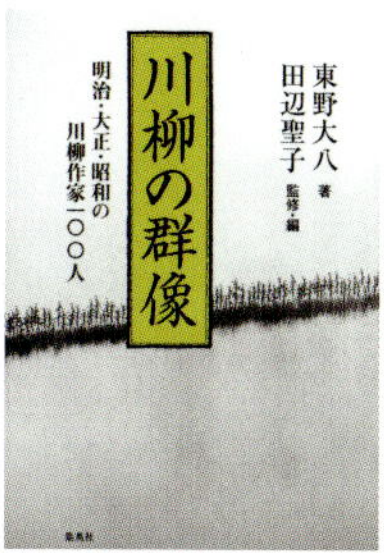

川柳作家・東野大八の遺稿を田辺聖子が監修した近代川柳作家の群像

『川柳の群像 明治・大正・昭和の川柳作家一〇〇人』（集英社）
東野大八／著 田辺聖子／監修・編

短編小説

T【tanpen／短編】

1970年代、新聞に週刊誌にと
間断なく連載をもちながら、短編を書いていた。
その頃の田辺聖子は、
備忘録のようなノートに短編のヒントを書き留め、
そこからいくつもの傑作小品を誕生させた。

芥川賞受賞のあと、
私は当時「小説現代」編集長の三木章氏にお手紙を頂いた。
ウチに書いてごらん、といわれるものだった。
嬉しくて飛び上ってしまった。
生まれてはじめての中間小説「うたかた」をおそるおそる書いて出すと、
三木氏は折返しおほめのお手紙を下さった。
「ヨカッタ、ヨカッタ」と、
これまた、あたまを撫でるような調子で、
私は完全にのぼせあがり、同時に、
何かあたらしい世界がひらけたように思った。

（『うたかた』あとがきより）

『ブス愚痴録』（文春文庫）
長身でスポーツマン、ハンサムな赤木は社内でも有名なプレイボーイ。そんな彼がついに結婚！　花嫁はなんと大女の激ブス！　表題作「ブス愚痴録」を含む短編９編。「泣き上戸の天女」（＊1）収録。

全集5（「泣き上戸の天女」「波の上の自転車」「あんたが大将——日本女性解放小史」収録）

『うたかた』（講談社文庫）
芥川賞受賞後、商業誌での初注文小説が、表題作「うたかた」。町のチンピラの「俺」が恋をした。相手の能理子は突如姿を消してしまう。そして発見した彼女の素顔とは……。初期短編5編収録。

全集5（「うたかた」収録）

『ずぼら』（光文社文庫）
私もあと半年で30歳……塩田に「大事な話」を切り出そうと尾道旅行に誘ったのに、逢う時はいつも酒気帯び、そして今回も！ 表題作「ずぼら」を含む短編６編。「古文の犬」（＊2）収録。

全集3（「古文の犬」収録）

『ジョゼと虎と魚たち』（角川文庫）
脚が悪く車椅子でないと動けない「ジョゼ」は祖母と二人暮らし。事故からジョゼを救った大学生の「管理人」恒夫。二人の危うくエロティックな関係を描く、表題作「ジョゼと虎と魚たち」（＊3）を含む全9編。

全集5（「雪の降るまで」収録）

全集16（「恋の棺」「ジョゼと虎と魚たち」収録）

『薔薇の雨』（中公文庫）
50歳には見えないほど若々しい留禰。別れるつもりの16歳年下の守屋と逢瀬を重ねている。理性と情念の重さを天秤に掛けながら……ホロ苦く、切ない恋を描く表題作「薔薇の雨」（＊4）を含む5つのストーリー。

全集16（「薔薇の雨」収録）

全集5（「鼠の浄土」収録）

『金魚のうろこ』（集英社文庫）
恋人・連美の部屋へお忍びで通う「ぼく」はひょんなことから彼女の新しいママと知り合い、心ひかれるようになっていく――表題作「金魚のうろこ」（＊5）他、ささやかに人生を堪能する心地良い7編の物語。

全集16（「金魚のうろこ」「見さかいもなく」「魚座少年」収録）

全集5（「カクテルのチェリーの味は」収録）

田辺短編の魅力

菅聡子

田辺聖子は短編の名手だ。ざっと数えて四百編以上を書いているが（これはスゴイことである）、一つとして同じ話の焼き直しになっているものはない（もっとスゴイ）。短編小説というものの特徴の一つは、よくもあしくも、その長さによる制約から、人生のある一場面を切り取ってくるところだ。

田辺聖子の短編には、この切り取ってきた一場面から、その人の人生まるごとを感じさせるような、そんなすごさがある。絶妙の一瞬を切り取っているのだ。

田辺の短編には、中年の男性を視点人物としたり、一人称で語らせたりしているものが多い。これは、女性作家としてはめずらしいと思う。えー、おじさんですかあ、などと敬遠することなかれ。このおじさん・お父さんたちがまた、ちょっと切なかったり愉快だったり、まあ、愛おしいことこのうえないのだ。

どこかに必ず
大好きな
あの人の
人生がある……

たとえば、「泣き上戸の天女」(＊1)。四十代の独身男の一途な純情が、しかし人生の滋味をともないながら描かれている。

あるいは、ちょっと変わったところでは「古文の犬」(＊2)。語り手はリタイア人生を平凡ながら楽しんでいる初老の男性。彼には行きつけの居酒屋の古典的な顔立ちの犬「シロ」が、「おん身もつれづれのままに逍遥したまうか、今宵は風冴えてよろず心のすみ候ほどに、まこと身もかるがるとおぼえ候わずや」なんて話しかけてくるように感じられる。言われてみれば、こういう風情の日本犬は確かにいる。そして彼は、犬品いやしからぬ「シロ」とともに、居酒屋の主人の人生のひとこまを見守ることになる。

でもやっぱり、もう少し若い人たちのお話がいいな、という人には「ジョゼと虎と魚たち」(＊3)。映画化されたのでタイトルを知っている人も多いだろう。しかし、映画版と小説では、実は結末が違うのだ。韓国ではこの映画の公開をきっかけに、若い女の子たちの間に妻夫木聡の人気がブレイクした

が、インターネットの掲示板では、映画の結末と小説の結末（韓国語訳がある）と、どっちがいいか、熱い論争がくりひろげられたそう。

　そして、大人の恋をかいま見たい人には「薔薇の雨」（＊4）。あるいは「金魚のうろこ」（＊5）はいかが。年上の女性と若い男性の極上の組み合わせ。

　どこかに必ずあなたがいるし、どこかに必ずあなたの大好きなあの人の人生がある。

　それが田辺聖子の短編の魅力である。

【珠玉の短編小説集】

写真上段左より

『週末の鬱金香《チューリップ》』（中公文庫）
全集5（「篝火草の窓」収録）

『うつつを抜かして オトナの関係』（文春文庫）
全集3（「うつつを抜かして」収録）
全集5（「宇宙人のイモ」「二階のおっちゃん」収録）

『愛のレンタル』（文春文庫）
全集16（「ラストオーダー」収録）

『夢渦巻』（集英社文庫）
全集16（「夢笛」収録）

写真下段左より

『よかった、会えて』（集英社文庫）
全集3（「はじめまして、お父さん」「山歌村笛譜」収録）
全集5（「よかった、会えて」「田舎の薔薇」収録）

『孤独な夜のココア』（新潮文庫）
全集16（「エープリルフール」「おそすぎますか？」「ひなげしの家」収録）

『どこ吹く風』（集英社文庫）

『人間ぎらい』（新潮文庫）
全集3（「壺坂」「ムジナ鍋」「人間ぎらい」「達人大勝負」収録）

T【Takarazuka-kageki／宝塚歌劇】

宝塚への愛

娘時代から宝塚歌劇に耽溺した田辺聖子。
自らの作品も、
『隼別王子の叛乱』『舞え舞え蝸牛』『新源氏物語』が次々舞台化。
幾度となく劇場に足をはこび、舞台に酔いしれた。

水もしたたる、という形容があるけれど、
宝塚の男役ほど美しい男がこの世にいようか、
それに、そこでくりひろげられる
ラブロマンスの世界というのは、
一見、世ばなれた絵そらごとのようでありながら、
実は深い深いところで
人間の生きる意味の本質を衝《つ》いており、
（――おまえは何をしてきたか）
と問いかけて人を
ひそかに愕然《がくぜん》とさせるたぐいのものである。
（『いっしょにお茶を』「宝塚《タカラヅカ》歌劇への誘い」より）

『隼別王子の叛乱』の衣装をつけた出演者たちと。左隣は隼別王子役の榛名由梨。

宝塚歌劇団の公演チケット、ちらしなどが貼られたスクラップ帳。チケットには同行者の名前がメモされている。

©宝塚歌劇団

『新源氏物語』の初演にて、光源氏役の榛名由梨。
このとき藤壺の女御役は上原まり。夕霧・惟光役は大地真央。

宝塚の舞台におけるロマンは、女性のロマンである。
宝塚はじまって七十年、ひたすら愛を謳《うた》い恋を讃美し、
人間の善意と真情を信じつづけてきたのが、
代々の女性ファンを魅了したのである。
美しいもの、善きもの、甘いもので人生の真実に迫り、
人の心を搏《う》つ、というのが宝塚であり、
女性文化の核であるのだ。
愛と真実を信じつづけて夢を売るのが宝塚なのだ。
女性文化のすばらしさを
七十年前から先取りしてきたといってもよい。

(『田辺聖子全集』第23巻「わが街の歳月――宝塚」より)

田辺作品は、これまで3作品が舞台化されている。1978年『隼別王子の叛乱』⇒P 51、1979年『舞え舞え蝸牛』⇒P 49、『新源氏物語』⇒P 31は1981年、さらに1989年にも再演された。上は公演パンフレット。2004年、創設90周年の記念式典では、田辺の作詞による祝歌を生徒たちが歌った。

『夢の菓子をたべて わが愛の宝塚』
（講談社文庫）
まるごと1冊、宝塚についてのエッセイ。
全集23

2005年七夕、
伊丹シティホテルで行われた
「喜寿を祝う会」でのポートレート

U 姥ざかり

【Ubazakari series／「姥ざかり」シリーズ】

わび、さび、なんてマッピラゴメン！
優雅な一人暮らしを満喫している「歌子さん」を主人公とした「姥」シリーズ。

長いこと女性は家の部分品、
付属品でしたからね。
自立した女性の歴史はまだまだ浅いのですよ。
歌子さんは老いゆく女性にとって理想の生き方、
人生のひとつの選択肢かもしれません。

（「サンデー毎日」１９９３年11月28日号 著者インタビューより）

朝食は、私はグレープフルーツと、紅茶にトースト、目玉焼きである。紅茶はティーバッグ一袋で、二杯のむ。トーストにはバター、ジャムをつけるのがきまりである。

歌子さん七十六歳（「姥ざかり」より）

私の「歌子字引」には、「男に甘える」という項はないのである。

歌子さん七十七歳（「姥雲隠れ」より）

今こそ立て、老親たちよ、積み重ねた年輪のパワーを奮い起して、身勝手で厚かましくエゴむき出しの不埒な子供らを逆襲せよ！

歌子さん七十八歳（「姥鍍金《メッキ》」より）

〈女は幼なくして親に従い、嫁しては夫に従い、老いては子に従うべし〉という、〝女の三従の教え〟など、くそくらえ！　である。

歌子さん八十歳（「姥勝手」より）

『姥ざかり』『姥ときめき』『姥うかれ』『姥勝手』（新潮文庫）

全集17（抄録）

舞台「姥ざかり」
関西芸術座公演舞台より。
歌子さんを演じたのは藤山喜子。
1982年11月初演。

column V

【Versailles／ベルサイユ】

“ベルばらの間”

4人の子どもたちが独立し、田辺聖子は1976年、夫・川野純夫とふたり、神戸から伊丹へ住まいを移した。最初に住んだのは阪急伊丹駅近くのマンション6階。西方に六甲山脈が望めるこの家の応接間は、通称〃ベルばらの間〃と呼ばれた。シャンデリア、ロココ調の椅子、ドレープのついた深紅の緞帳風カーテン……田辺の夢がたくさんつまったその部屋には、宝塚歌劇団の生徒たちが遊びに来て、「舞台よりも豪華」とびっくりしたとのこと。

現在の、阪急新伊丹駅近くの一軒家にある応接間も、濃いピンクとブルーの花柄の壁紙が愛らしい2代目〃ベルばらの間〃。優雅な猫足のソファには、アンティークドールや市松人形、ぬいぐるみたちが鎮座している。

上／マンション時代の“ベルばらの間”。
下／現在の住まいの“ベルばらの間”の一角。

戦争、昭和の時代への思い

昭和3年生まれの田辺聖子は、昭和とともに生きた世代。
戦時中は「軍国少女」として過ごし、
娘ざかりは戦後の混乱期と重なった。
戦争、昭和の時代に対する強い思いは、数多くの作品にちりばめられている。

〈日本が戦争したってほんとですか。それで、どこと戦って、どっち勝ったんですか〉
と聞いた若者がいたよし、町の噂《うわさ》に、大人たちはやるせない苦笑をかわしあうのみ。
戦争を知らぬ世代がまたたく間に世に溢《あふ》れ、知る世代はやりばのない
怨念《おんねん》の緘黙《かんもく》をつづけるのみ。——めまぐるしく変る世の中。経済復興の波に乗って、
過去をふりかえる人もいなくなった。……
私もいつか人なみに年を重ね、浮世の急流を泳ぐのに精いっぱいという人生で、
次から次へと、仕事に追われていた。
しかし、永遠に続くかに思われた昭和の世も、ついに終る。
昭和六十四年(一九八九)である。
私はそのとき、
(私の〝昭和〟を書かなければいけない)
という思いがにわかに閃《ひらめ》き、愕然《がくぜん》とした。

(『田辺聖子全集』第21巻 解説より)

W【war／戦争】

終戦前日・8月14日の空襲で炎上する大阪砲兵工廠(ほうへいこうしょう)。
ここはアジア最大の兵器工場と言われていた。広大な敷地は、現在、大阪城公園などになっている。
小説『おかあさん疲れたよ』で、主人公昭吾とヒロインあぐりは、この日、ここへの爆撃から一緒に逃れる。

「純粋培養の軍国少女」であった田辺聖子。昭和19年、16歳の春、憧れの樟蔭女子専門学校国文科に入学したが、1年も経たず学徒勤労動員が実施され、大阪郊外の軍需工場で働いた。この戦争で、大阪は大小50回を越える空襲に見舞われ、壊滅状態となる。生家・田辺写真館が焼失したのは6月1日の大空襲。その後、両親と田辺、弟妹の5人は尼崎に移り、そこで終戦を迎えたが、同年暮れ、父が胃がんで死去。田辺聖子の戦後は、頼れる父を喪った母子4人の生活から始まった。

『おかあさん疲れたよ』上・下
(講談社文庫)
数多くの若い命が散った太平洋戦争。銃後を守った、当時娘ざかりの女性達には、「結婚すべかりし相手」を戦争に奪われ、親きょうだいを養いながら独身を貫く人も多かった。昭吾の"空襲メイト"あぐりもそのひとり。終戦前日の空襲の中、15歳の中学生・昭吾は、同級生たちのマドンナ・あぐりと偶然、一緒に逃げたのだった。戦後、焦土から経済大国へ変化を遂げてゆく昭和の時代を背景に、再会と別離を繰り返す2人だが……。田辺聖子が描く、もうひとつの〈昭和史〉といえる、長編小説。

全集21

1991年5月、『おかあさん疲れたよ』ラストシーンの舞台、淡路島・大見山「戦没学徒記念　若人の広場」を取材する。ここは動員学徒戦没者たちの慰霊施設として、昭和42年に設立、設計は丹下健三。(阪神淡路大震災で大きな被害をうけ、以来、資料館は閉館中)

田辺聖子が"戦争"を書いた主な作品

- **『欲しがりません勝つまでは　私の終戦まで』**(新潮文庫)
  戦時下に送った10代。「文学少女」であり、「軍国少女」でもあった著者13歳から17歳までの体験が綴られる。⇒P41
- **『楽天少女通ります』** ⇒P21
- **『私の大阪八景』** ⇒P61
- **『田辺写真館が見た"昭和"』** ⇒P78

column X

【Xmas／クリスマス】

毎日がクリスマス

この部屋を見て、私の夫は、
私の理想生活がわかった、といっていた。
〝毎日がクリスマス〟というものであろう、というのだ。
そういわれればたしかにそうにちがいない。
私はクリスチャンではないけれど、
〈メリークリスマス〉と言いあうとき、
人の心に悪意は生まれない、という気がある。
プレゼントし合い、ご馳《ち》走《そう》を楽しみ、乾盃する、
そのとき、人の心は善なるもの、
いとしきもので満ちているはず、という気がある。

（『手のなかの虹』「夢幻宇宙・ドールハウス」より）

田辺家のリビング、
壁につくりつけのドールハウス。

ドールハウスを愛する田辺聖子。応接間やリビング、玄関など、いたるところに、大きなもの小さなもの、ブティックふう、畳敷きの和室など、さまざまなタイプのドールハウスが点在する。その中で、ひときわ個性的なのが、一年中〈クリスマスナイト〉がテーマの部屋（写真上）。現在の住まいを建てるとき、設計家や大工さんに頼んで、リビングの壁にしつらえてもらった夢の部屋だ。

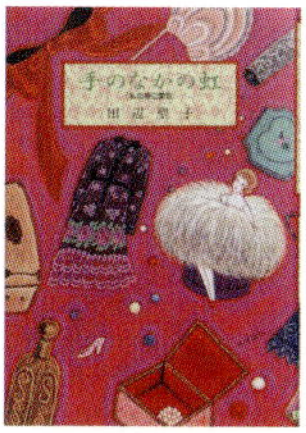

『手のなかの虹 私の身辺愛玩』
（文化出版局）
ドールハウス、人形、バッグ、アクセサリー、万華鏡、函……田辺聖子が愛するものもの、数々のコレクションについて、美しい写真を添えて書き記したエッセイ。（写真／福田匡伸）

全集23

Y【yumemi／夢見】

夢見小説

「大阪弁でサガンを書く」との志を持った田辺聖子は魅力的な女性が主人公の小説をたくさん生み出し、自らそれを「夢見小説」と呼んだ。

田辺 （……）私、「こういう夢があるんだけれども、みんな、どう思います？」「こんな夢好き？」と、みんなに言いたくて書いてきたと思うの。日常の中で、ちょっとずつ色変わりしていく気持ち。ほんのちょっとしたことが重なって、ヒロインがいろいろな物の見方を覚えてしまって、「ああ、そうか、こんな見方もある」「そういう見方からすると、この男は、きっと賢くない」というふうに気持ちが変化していくことがあるじゃないですか。本当に好きだった人が嫌いになるというんじゃなく、ね。そういうふうなものが書きたいというのがいつもありました。

小川 「夢見小説」とご自身おっしゃってますね。

「少女草」全3号。
表紙絵も田辺聖子。

夢のはじまり

〈仲よし少女たちが寄って、お手製の雑誌を作った。（中略）その名も「少女草《おとめぐさ》」、原稿や絵を持ち寄り、あたまを集めて編集会議——日の長い時代だった。（中略）できた雑誌は一冊きりゆえ、級友は順番をまちかねて楽しんでくれた〉（『田辺聖子全集』別巻１ 月報より）

女学生時代から大学ノートに一編の物語を書き、挿絵と表紙を描き、好みの題をつけて“著書ごっこ”に熱中していた田辺聖子。家が空襲に遭ったとき、母が必死で持ち出した聖子の手提鞄の中に入っていたため、その頃の“著作”および「少女草」は現在も聖子の〈夢のはじまり〉を雄弁に語ってくれる。

女学校4年生の頃。

田辺　だから、ドラマチックでもなく、ものすごい波瀾万丈《はらんばんじょう》でもありません。何か事件があるわけではなく、ひたすら女の子の気持ちだけで書いていくの。これは、主人公が女の人じゃないといけないところがあるんですね。そして、いつも、年を三十過ぎてというところに設定してるのは、まだ女の子の夢も見られるし、中年の域へも入りかけという微妙な年ごろだから。

（『田辺聖子全集』別巻1
小川洋子氏との対談
「〝ものがたり〟の夢を見続けて」より）

ああ、こうやって人間、
誰もかれもトシをとるのか。
青春がひとときざみ、
すぎてゆくのか。
猫も杓子も。

（『猫も杓子も』より）

昭和40年代に書かれた〈夢見小説〉初期の2作品

この作品は、私の〈夢見小説〉のいちばんはじめの作品、となった。
私は四十一歳、中年の域に入り、なお夢を見ていたわけである。

（『田辺聖子全集』第2巻　解説より）

『猫も杓子も』（文春文庫）
夏木阿佐子は21、2のつもりの30歳。絵を描いたり、詩や小説を作ったり、最近はテレビの仕事もしている。年下の恋人がいながら、堅物の高校教師に夢中、年上の男にもふらりとし……。微妙な年ごろの女性のたゆたう心を描いた、田辺聖子初めての〈夢見小説〉。

全集 2

巧妙に泳ぎ抜くハイ・ミスもいれば、迷いに迷い、
ポシャリにポシャって、青春彷徨《ほうこう》をくりかえす
（この小説のヒロインがそうだ）〈女の子〉もいる（……）

（同右）

『窓を開けますか？』（新潮文庫）
“極楽とんぼ”と言われながらも楽しくマイペースに生きてきた岸森亜希子。素敵な年上の恋人もいるが、大人となればすんなりいかぬ事情もあって……。夢の場所に留まりたいと願い、現実に戸惑う“32歳のトッポい〈女の子〉の青春”が描かれる〈夢見小説〉。

全集 2

田辺聖子全集 1
田辺聖子全集 2
田辺聖子全集 3
田辺聖子全集 4
田辺聖子全集 5
田辺聖子全集 6
田辺聖子全集 7
田辺聖子全集 8
田辺聖子全集 9
田辺聖子全集 10
田辺聖子全集 11
田辺聖子全集 12
田辺聖子全集 13
田辺聖子全集 14
田辺聖子全集 15
田辺聖子全集 16
田辺聖子全集 17
田辺聖子全集 18
田辺聖子全集 19
田辺聖子全集 20
田辺聖子全集 21
田辺聖子全集 22
田辺聖子全集 23
田辺聖子全集 24
田辺聖子全集 別巻1

全集

80年代の『田辺聖子長篇全集』(文藝春秋刊)、
90年代の『田辺聖子珠玉短篇集』(角川書店刊)につづき、
全24巻・別巻1の『田辺聖子全集』(集英社刊)が
2006年8月に、完結。

そういう騒擾《そうじょう》の中で、私個人の嬉しい大事件、というのは、
集英社さんから私の全集を刊行したいというお話があったこと。
数年後に創業八十周年を迎える記念事業の一つとして、といわれる。
今までの仕事が評価されたことで、
これは作家としては最高の栄誉である。(中略)
私は早速、病院へミド嬢と車を飛ばして、報告にいった。
いいあんばいに、彼は眠ってもいず、意識もしっかりしていて、
意志的な表情で私の報告を聞き、表情を和《なご》ませて、
〈当然じゃっ〉
小さいが明瞭な声。追いかけて、
〈遅すぎるくらいやっ〉
(『残花亭日暦』より)

Z【zenshū/全集】

全集刊行開始の際の新聞広告。
2004年元旦(上)、
第1回配本(第5巻、第7巻)刊行日の2004年5月12日(左)。
写真はどちらも坂田栄一郎。

『田辺聖子全集』全24巻・別巻1。
刊行開始は2004年5月、完結は2006年8月。
装画は小倉遊亀、装幀は水星園。
表紙は全巻異なる色の布貼り、函入り。

『田辺聖子全集』（集英社刊）〈全24巻・別巻1〉収録作品

第1巻
私の大阪八景／しんこ細工の猿や雉
月報▼藤本義一／河野多恵子／豊田健次

第2巻
猫も杓子も／窓を開けますか？
月報▼江國香織／伊藤貴和子

第3巻
すべってころんで
短編Ⅰ
（下町／人間ぎらい／壺坂／達人大勝負／ムジナ鍋／はじめまして、お父さん／山歌村笛譜／うつつを抜かして／鞍馬天狗をくどく法／古文の犬）
月報▼［対談］瀬戸内寂聴・田辺聖子

第4巻
隼別《はやぶさわけ》王子の叛乱／不機嫌な恋人
月報▼高橋睦郎／熊井明子

第5巻
感傷旅行《センチメンタル・ジャーニィ》
短編Ⅱ
（うたかた／篝火草《シクラメン》の窓／春情蛸の足／人情すきやき譚／当世てっちり事情／泣き上戸の天女／波の上の自転車／あんたが大将／宇宙人のイモ／夢とぼとぼ／よかった、会えて／田舎の薔薇／ほどらいの恋／カクテルのチェリーの味は／鼠の浄土／二階のおっちゃん／雪の降るまで）
月報▼宮本輝／小池真理子

第6巻
言い寄る／私的生活／苺をつぶしながら［三部作］
月報▼川上弘美／綿矢りさ

第7巻
新源氏物語［上］
月報▼秋山虔／渡辺淳一

第8巻
新源氏物語［下］
月報▼竹西寛子
［対談］榛名由梨・上原まり

第9巻
カモカ・シリーズ（新編集）
月報▼野坂昭如／竹村和子

第10巻
愛の幻滅／九時まで待って
月報▼川上弘美／伊集院静／常葉のゆり

第11巻
愛してよろしいですか？／夢のように日は過ぎて
月報▼川上弘美／酒井順子

第12巻
お目にかかれて満足です／恋にあっぷあっぷ
月報▼山田詠美／小川洋子

第13巻
千すじの黒髪／花衣ぬぐやまつわる……
月報▼林真理子／小澤實／増田連

第14巻 **田辺聖子の小倉百人一首／田辺聖子の古事記**
月報▼中西進／池内紀

第15巻 **源氏紙風船／『源氏物語』男の世界／大阪弁ちゃらんぽらん／大阪弁おもしろ草子**
月報▼宮本輝／眉村卓／灘本唯人

第16巻 **蝶花嬉遊図／王朝懶夢譚《らんむたん》／短編Ⅲ**
（エープリルフール／二十五の女をくどく法／おそすぎますか？／ひなげしの家／恋の棺／ジョゼと虎と魚たち／金魚のうろこ／ラストオーダー／見さかいもなく／魚座少年／薔薇の雨／夢笛）
月報▼山田詠美／大岡玲／渡辺あや

第17巻 **「姥ざかり」シリーズ（新編集）／「私本 源氏物語」シリーズ（新編集）**
月報▼藤本義一／佐藤愛子／荻原浩／路井恵美子

第18巻 **ひねくれ一茶／古川柳おちぼひろい／武玉川・とくとく清水**
月報▼長部日出雄／坪内稔典／廣田眞一

第19巻 **道頓堀の雨に別れて以来なり［上］**
月報▼長部日出雄／【座談会】田辺聖子・森中惠美子・西出楓楽・前川千津子・赤松ますみ・坪内稔典

第20巻 **道頓堀の雨に別れて以来なり［下］**
☆川柳索引付
月報▼長部日出雄／下川雅枝

第21巻 **おかあさん疲れたよ**
月報▼宮本輝／津本陽

第22巻 **姥ざかり花の旅笠／文車日記**
月報▼中西進／森まゆみ／高倉健／北原亞以子

第23巻 **随筆Ⅰ**
（ほととぎすを待ちながら／セピア色の映画館／夢の菓子をたべて／手のなかの虹／わが街の歳月）
月報▼小川洋子／奥本大三郎／藤本ハルミ

第24巻 **随筆Ⅱ**
（死なないで／ナンギやけれど……／残花亭日暦／思い出交遊録／人生万華鏡／直木賞選評）
月報▼北方謙三／沢木耕太郎／杉本苑子

別巻1 **年譜 田辺聖子で読む昭和史／対談／田辺聖子論／初出一覧**
月報▼田辺聖子

☆各巻巻末には、著者による自作解説、および浦西和彦、菅聡子、呉羽長、田中励儀らによる解題を掲載。
☆各巻月報には、著者が愛蔵品を紹介する「表紙もの語り」、神津カンナによる装画解説「装画の周辺」掲載。

『田辺聖子長篇全集』

全18巻（文藝春秋）
1981年7月～1982年12月刊行
☆装幀／灘本唯人　ＡＤ／坂田政則

第 1 巻　花狩／感傷旅行／私の大阪八景
第 2 巻　求婚旅行（上）
第 3 巻　求婚旅行（下）
第 4 巻　猫も杓子も／女の食卓
第 5 巻　夕ごはんたべた？
第 6 巻　すべってころんで／休暇は終った
第 7 巻　言い寄る／私的生活
第 8 巻　隼別王子の叛乱／
文車日記―私の古典散歩―
第 9 巻　おせいさんの落語／
お聖どん・アドベンチャー／
私本・源氏物語
第10巻　千すじの黒髪―わが愛の與謝野晶子―／
鬼の女房
第11巻　舞え舞え蝸牛―新・落窪物語―／
小町盛衰抄―歴史散歩私記―
第12巻　夜あけのさよなら／魚は水に 女は家に
第13巻　女の日時計／愛の幻滅
第14巻　浜辺先生 町を行く／
スヌー物語―浜辺先生ぶーらぶら―
第15巻　窓を開けますか？／
日毎の美女―新・醜女の日記―
第16巻　中年ちゃらんぽらん／蝶花嬉遊図
第17巻　ダンスと空想
第18巻　しんこ細工の猿や雉／朝ごはんぬき？

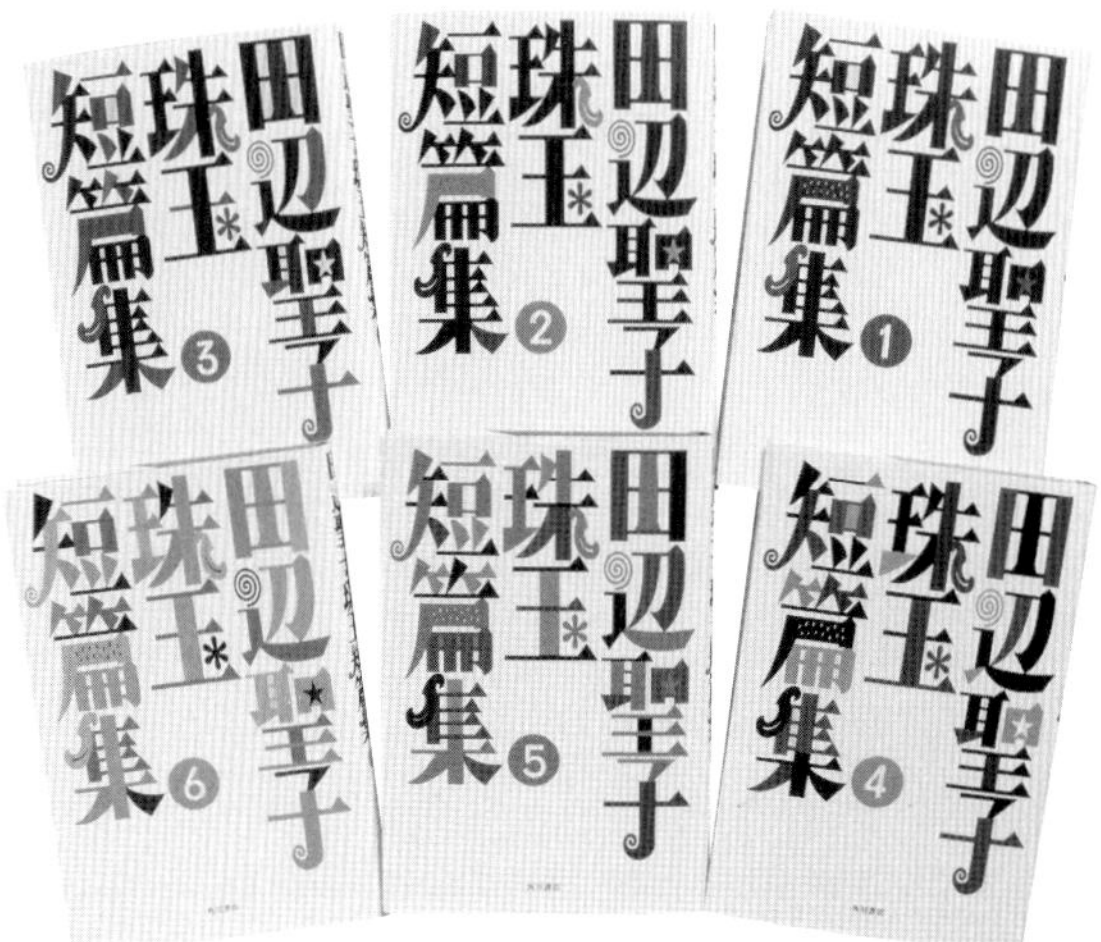

『田辺聖子珠玉短篇集』

全６巻（角川書店）
1993年3月～8月刊行
☆編者／池内紀　装幀／渡辺和雄

①　ジョゼと虎と魚たち／雪のめぐりあい／
おそすぎますか？／ちさという女／
ぽてれん／荷造りはもうすませて／
夢のように日は過ぎて／人間ぎらい／
うたかた／カクテルのチェリーの味は／
金魚のうろこ
②　薔薇の雨／かんこま／容色／大阪無宿／
二十五の女をくどく法／求婚／
火気厳禁／忠女ハチ公／雪の降るまで
③　ぎっちょんちょん／書き屋一代／
へらへら／下町／たすかる関係／
加奈子の失敗／種貸さん／もと夫婦／
貞女の日記／よかった、会えて
④　夢とぼとぼ／もう長うない／犬女房／
おんな商売／子を作る法／壺坂／
あんたが大将―日本女性解放小史／
二階のおっちゃん
⑤　泣き上戸の天女／春情蛸の足／
にえきらない男／当世てっちり事情／
姥ざかり／男の城／おちょろ舟／
世間知らず／波の上の自転車
⑥　壇の浦／首くくり上人／喪服記／
コンニャク八兵衛／鞍馬天狗をくどく法／
忍びの者をくどく法／宮本武蔵をくどく法／
かげろうの女―右大将道綱の母―

短編六話

田辺聖子
Seiko Tanabe

第一話……チリリ　チリリ
第二話……契り
第三話……しぶちん
第四話……キャベツと星砂
第五話……乾燥薔薇
第六話……お好きな曲は？

イラストレーション／今中信一

第一話

チリリ　チリリ

「あ」

花の茎に26番線の針金を通していた若い娘が顔をあげた。口少なで、痩せて眼の大きい子である。美佐を見上げる眼に、さぐり求めるような色があったので、

（ん？）

というように、美佐はその娘のほうに身を寄せた。

フラワー装飾士という肩書で、美佐は「フラワーアレンジメント・創作教室ＭＩＳＡ」を持っている。大阪と神戸にも教室があるが、この西宮の自宅裏のアトリエが本拠である。美佐の作品はレースやビーズ、石や貝やガラスを花の間にあしらってテーマを表現する。盆景風なのを作る人もいるし、ダイナミックな装花を研究する人もいる。美佐は手を添えて指導したり、助言したりするので、ちかぢかと娘の作品のそばへ寄った。苔とドライフラワーを使って、娘は「夏の思い出」というテーマに挑戦しているらしい。

「なあに？……」

「いいえ。先生のかしら？　いま、チリリ、って鳴ったでしょう？」

「え？」

「ほら。先生が身動きなさると、チリリ、チリリ…って」

美佐はちょっと考えて、

「あ。これ」

と胸もとをおさえた。

「ロケットのチェーンが鳴るのよ……あなた、お耳がいいのねえ」

娘は咎められたように顔を赤くして、

「いいえ、でも綺麗な音だったから……」

美佐は首もとへ指をさしこみ、するするとプラチナのペンダントを取り出した。美佐は仕事中はＴシャツにジーパンという恰好である。しかし午前中外出したとき麻のワンピースにこのプラチナのペンダントをつけていた。Ｔシャツに着更えたとき、はずす間もなくて、肌の奥におさめていたのだった。

「ほら……チェーンと吊輪の間が触れるとき、鳴るみたい」

美佐はかなり長いチェーンを揺らせてみせた。微かにチリリ、チリリと音がする。

「ほんと。でも綺麗。すてきなプラチナですね。それ、開《あ》くんですか？」

娘が綺麗といったのは、音のことではなくて、ペンダント自体に目を奪われたらしい。二センチばかりの楕円形で、唐

草を手彫りにしてあって、発光体のようにきらきら光る。

「開くけれど、中にはなんにも入っていないの。ロクの写真でも入れとくかな」

美佐は笑った。ロクは美佐の飼猫で、アトリエにくる人々にも可愛がられている。

美佐は再びそれを、Tシャツの下の肌にひそめる。自分で触れても四十の肌は柔らかくてきめこまかだった。

完成した作品を講評して、あと片付けしてから、急がない数人でお茶を飲む。紅茶の淹れかたやティーセットのそろえかたなども美佐は教える。ロンドンへフラワーアレンジメントを勉強にいったときに紅茶の美味を知った。美佐の「お茶の時間」をたのしみにしている人々も多い。

さっきの娘が美佐のそばへ来た。

「先生の、あの音でふと、思い出したんですけど……」

娘は白磁のティーカップに注がれた黄金《きん》色の紅茶をかきまわしている。

「もうずっと前、同じような音を聴いたっけ、と考えてたんです。お花に触ってるあいだじゅう考えてて、ふっと思い出しました。お医者さんでした、もう何年もまえにかかってた大学病院のお医者さんです。何か、キカイの音かなあ、と思ったことがあったの、いま思い出しました。身動きなさるとチリリ……って鳴りました」

「そのかた、女医さん？」

「いいえ。男の先生です。だから時計の鎖とか……やっぱりキカイかなあ」

「お耳もいいけど、物おぼえもいいのね、あなた」

「でも、その先生のお顔はおぼえてないんですよ、チリリに気を取られて」

娘はおかしそうに笑い、

「そのあと、母もその病院でお世話になったことがありましたけど、その先生はもういらっしゃいませんでした。どっかで開業なさってると聞きましたけど」

美佐は儀礼的に聞いて、話題をあと、「夏の思い出」の作品に切りかえた。

夜は神戸でパーティがあった。そのあと出席した知人と飲みにいって、西宮の自宅へ帰ったのは十二時をまわっていた。

一人暮しの美佐はシャワーを浴びて、白いタオル地のバスローブを着たまま、鏡の前の籐椅子に坐った。机の小物入れにプラチナのロケットがある。

さっきの娘のいったのは、「彼」に違いない、と美佐は思う。同じものを二つ作らせたの、一つ持ってて、と美佐は「彼」にいった。男がこんなものを？　とびっくりする彼に、あたしを愛してるなら、いつも肌に着けてて、といったのだ。妻の手前、どういいつくろったのだろう。

「彼」はそのころ、四十五、六で、美佐は二十五、六だった。「彼」は痩せた小男の、風采の上らない、まじめだけが取得、という中年の医師だった。それでも美佐は「彼」が好きだった。朴訥な「彼」は美佐と家庭の間で苦しんでいた。美佐がロケットを作らせたのは、写真を入れるためではなく、そこへ致死薬を入れるつもりだったのだ。一緒に死んで下さい、お医者さんならそんなオクスリは手に入るでしょ。美佐は泣きながら叫んだ。

勝気な美佐のほうから、いきものの息の根をとめるように、恋の息の根をとめて別れたが、十なん年たって、はじめて、「彼」も、あのロケットを肌身に着けていてくれたのがわかった。チリリという音を彼自身の耳も捉えていただろう。致死薬を欲しい、と叫ぶ若い娘のことをその音を聴くたび意識しただろうか。彼も美佐を愛してくれていたのかもしれない……。

美佐は昔の恋に慰められた。チェーンを揺すって、微かな音を娯しむ。

第二話

契り

　次郎は忍術に凝っている。左手の人さし指を立ててそれを右手で握る。ぐっと念ずればドロンドロンと体が消える……はずなのに消えない。

「そらァ、無念無想にならへんからや」

　と町内の大学生、井上さんのお兄ちゃんがいった。このお兄ちゃんはお父さんと碁を打ちによく家へくる。

「むねん・むそうってなあに」

　次郎は小学四年生である。

「何にも考えへんことやな。それも、自分は何も考えてないな、なんて思うてもあかん」

「むつかしいんやね」

「そうや。自分の気持を空気みたいにして、壁になった、壁になった、と思うと、体が透明になってくる」

「透明人間みたい？」

　と次郎はそのころハヤった映画のことをいった。お兄ちゃんはいう。

「透明人間は体だけ透明で、洋服は人の目にみえるやろ？無念無想になると、服も消えてしまうんや」

「僕でもできる？」

「できるよ。次郎ちゃんかて」

「そうかな。猿飛佐助みたいになるかな」

「なるとも」

　井上さんのお兄ちゃんは、いつも肯定的にはげましてくれるので、次郎は大好きだ。

　次郎は明けても暮れても、エイヤッ、ドロンドロン……と消える練習ばかりしている。しかし、「無念無想」がむつかしいらしくて、ちっとも消えない。

　二階で一人静かに、「無念無想」をして精神統一し、(壁になった、壁になった) と自分にいい聞かせる。階段をあがる足音がしてお母さんがフスマをあけて入ってくる。

「どきなさい。次郎」

　ちえっ。

　見えてたんか。中々、消えないものだ。

　しかし井上さんのお兄ちゃんを信じてる次郎はめげない。いつかは成功する、と思っていた。

　あるときふと思いつき、

(そうだ。壁になるんなら、うーんと壁にくっついていればいい。そして壁になった、壁になった、と自分に暗示をかければいい)

　――そして、ほんとに次郎は忍術に成功したのだ。二階の壁にもたれて無念無想でいるうち、ふと気がつくと、一ばん上の昭子姉ちゃんと井上さんのお兄ちゃんが、いつの間にか二階へ上っており、二人は向き合って話していた。

いつの間に来たのだろう？

いやそれより、二人に、次郎の姿が見えないらしいのが、次郎には嬉しくてならなかった。ばんざい。遂に僕は忍術使いになったのだ。透明になったに違いない、と次郎は思った。

昭子姉ちゃんは泣いていた。

井上さんのお兄ちゃんはいった。

「あかん。僕は戦地へいく身や。悲しい思い出は作りとうない」

「楽しい思い出やわ。あたし、その思い出があったら、生涯、生きていける、思う。たとえあんたが、戦死しても」

「僕は死なへん。昭ちゃんおいて死なへん。約束する」

「ほんまに？　ウチ抛って死んだらあかんし」

二人とも泣いていた。

井上さんのお兄ちゃんは黒い縁のロイド眼鏡をはずして手の甲で涙を拭いた。それから昭子姉ちゃんを抱き寄せてキスをした。

次郎は息をするのも忘れ、目を丸くしてみつめていた。とたんに忍術が破れた。

「次郎！」

昭子姉ちゃんが叱りつけるように叫び、次郎は、「僕、忍術使いになったんや、なったんや」と叫びながら階段を飛んで下りた。


——なんでそんな少年の日のことを、このあわただしい最中に思い出したものやら。

花嫁の父、というのは結婚式の日は忙しいのだ。来客への挨拶、式場の支払い、仲人さんを車に乗せて送り出す、新婚旅行に発つ娘夫婦の見送り。娘夫婦は沖縄で泳いでくるといって、リュックなど二人で背負い、軽装でヒコーキに乗っていった。

そうだ。むつまじい新婚の娘たちを見ていると、おのずと姉の昭子のことが思い出されたのだ。

井上さんのお兄ちゃんは南方戦線で戦死してついに帰らなかった。「昭子姉ちゃん」は悲しんだろうけど、次郎はその頃、広島の田舎へ疎開させられていたので、おぼえていない。

次郎はいまになると、あのとき、忍術が成功したように思ったのは、とろとろと眠りこんでいたのではないかと思うのだ。眠っていた次郎は、無念無想であったろう。

「昭子姉ちゃん」と「井上さんのお兄ちゃん」は、無念無想の次郎に気がつかなかったのに違いない……。

「やれやれ。やっと一騒動終って」

と礼服姿の妻が次郎のそばへ寄ってきた。

「リュック背負って新婚旅行なんて。でもあたしたちのとき

は、白浜温泉へ一泊、なんていう、つつましいものだったわねえ。損ねえ、いまの子に比べると」

——それでも「昭子姉ちゃん」に比べたら……と次郎は思う。昭子姉ちゃんは戦後、結婚したが、うまくいかないらしくて、子供を背負って帰ってきては、母に何か告げて泣いていたりした。次郎はもうその頃は忍術から関心が離れていたが、「井上さんのお兄ちゃん」がいたら……と、姉のために思わずにいられなかった。姉は薄幸なまま三十五で死に、次郎は生きのびて花嫁の父になっている。そういえば、今日の結婚式に悪友たちが「初キスはいつですか」と新郎新婦に聞いていたが、昭子姉ちゃんが井上さんのお兄ちゃんに求めていたのは、キスではない、もっと悲しい契りであったように次郎は思えてならない。

第三話

しぶちん

何によらず、「だらしない奴やってん」という夫の初治《はつじ》の言葉通り、リツ子の来たのは約束の時間より三十分も遅れていた。

「多枝子さん？」

とリツ子は馴れ馴れしい笑いを顔に浮べて坐る。初対面だが、多枝子は夫の前妻のリツ子を、写真で見て知っているし、リツ子のほうはまた、喫茶店へ入ったときから強い視線をあてる女客の存在に気付いていて、すぐ多枝子だと思ったらしいのだ。

「遅《おそ》なってごめんな、あたし、どないしても時間キッチリ、でけへんねんわ。ほんで、パートも、ようクビになるねん」

多枝子はリツ子の肉声をはじめて聞いたわけだが、甘ったるく濁った、妙な声だった。それは息のつぎかた、言葉の語尾に漂う下品さのせいだろう。尤もそれがおのずと彼女の人なつこさとなっているらしく、そばへ寄ってきたウェイターの少年に、

「コーヒィ、ちょうだいんか」

と内々《うちうち》の親しさでいうと、少年は釣られるように愛想よい返事をした。

リツ子はハンドバッグからマイルドセブンを取り出し、一本くわえて、使い捨てライターで火をつける。人生の一部になってしまったような吸いかただった。そういえば、

「何か、用やったん？」

という無警戒で放恣なたたずまいも、それがリツ子の人生の基調色になっているようである。ついでに初対面の人間に敬語を使う慣習もリツ子にはないらしい。荒れた指にはまがいものの茶色ガラスの指環がはまっている。あまりにも大きいので、色ガラスとすぐわかるほどだった。（赤いガラスでないだけ罪が軽いかな）などと多枝子は意地悪く思ってしまう。リツ子は写真よりは太っていた。丸顔で髪は濃く、目の周りの睫毛も濃く長い。ぼってりした唇には濃いルージュが塗りたくられていて、あつくるしい顔立ちである。ブラウスの胸は盛りあがり、スカートの脇ホックは吹きちぎれそうに張ってだらしない。こういう女を、初治が（今は別れているにせよ）いっときでも妻にした、という事実に、多枝子は我慢ならない思いがする。

「ハッちゃん、元気？」

とリツ子は濁った甘え声でいい、えへへえへと笑う。ハッちゃんというのは、初治の呼び名であるらしいと気付くと、多枝子は不快よりも憎悪すら感じてしまった。ここで相槌を打

ったら、果しなく自堕落に話が弾みそうだった。

「実は今日お目にかかったのは、主人に内緒です」

多枝子はリツ子にぴしゃりといった。

「こんなことというときっとご不快でしょうけど、でも、わたくしとしては、一度はきちんと、いうべきだと、思ったものですから」

多枝子は言葉をえらびながら、一語一語、抜きさしならぬところへ石を打つように置いていく。

「リツ子さんは、主人とお別れになってもう三年でしょう？　わたくしが主人と結婚して一年半ほどになります。でもその間、ずーっと、何かというと、主人を呼び出してお会いになるのは、なぜですか」

といいかけ、多枝子は舌がもつれる気がした。

「いいえ、非難するという気持でいっているのではないんです。ただ、わたくしは納得しないんです。主人は……」

多枝子は、家では〈初治さん〉と呼んでいるが、リツ子に向ってはことさらに〈主人〉と言わずにいられない。

「あんな、おとなしい人ですから……やさしい人ですから、それは呼ばれたら会いにいくでしょう。隠し立てのできない人ですから、今日はこうこうで……とか、相談をもちかけられて、とか、打明けてくれます。はじめはわたくしも黙ってました。でも、いつまでこれ、続くんですか？」

リツ子は煙草を消して黙っている。ぼってりした唇を、気のせいかよけい膨れさせ、ふてくされたように返事をしない。

多枝子は、やや、とまどった。

多枝子の想像するリツ子は、口達者であつかましく、悪ヂエにたけ、狡い女というイメージだった。ルーズで馴れ馴れしいところはイメージ通り（ついでに太って下品なのも）であったが、リツ子は馴れ馴れしいわりに能弁ではないようであった。

「もういいかげんに、すっきりと別れて頂きたいんです。もう電話しないで下さい」

多枝子は本来、気の強い女ではないが、相手がひるむとのしかかる、という女性の本能に欠けているわけではない。リツ子の沈黙に乗じて、つい、言い切ってしまう。

「しぶちん！」

リツ子ははじめて叫び、多枝子は耳を疑う。

「は？」

「何さ、けちけちせんでもええやないの、あたしかて相談する人あらへんねんさかい、しゃァないから、ハッちゃんに頼るんやないの、何さ、貸し惜しみして。しぶちん！」

——大阪生れでない多枝子には、「しぶちん」がけちんぼという意味であるらしいと推量するだけである。渋い、に愛称の「ちん」を付けたものらしい。

しかし「けちんぼ！」といわれるより「しぶちん！」といわれると、どこかおかしくなってしまう。それに「貸し惜し

みして」もコタエた。
「貸し惜しみ……」
そういわれると、自分がいかにも気の小さい、セコい女のように思われ、多枝子は気がくじけた。見るとリツ子は丸い頓狂な眼に涙をためていた。よけい暑くるしい顔になった。
「ちょっと相談に乗ってもらうだけやったのに！　ハッちゃん奪《と》ったりせえへんのに、しぶちん！　もう、要らんわいな！」

——要らんわいな、というのは今後初治の支えを必要としないことを指すのか、その妻の多枝子の寛容をアテにしないことをいうのか、どっちにしても多枝子の目的は達したわけであるのに、多枝子の心は晴れないまま、先に店を飛び出したリツ子のあとを、のろのろと出た。（「しぶちん」にはコタエたなあ……）多枝子の憂鬱は、ゆえ知らぬ敗北感だった。

第四話

キャベツと星砂

ホテルの窓からは緑青《ろくしょう》を溶いたような海が見えた。緑の多い、ささやかな町も、一望のもとにある。住宅やビルの間に、コンクリートの亀甲墓が点在しているのもいかにも南の島らしかった。

つい目の前に見える紫色の小島は、竹富島だという。

「あの、星の砂のある?……」

「ええ。海水浴場もありますよ。まだ観光客は少ないですから、のんびりできます」

フロントでそう聞いて、汐子はふと、竹富島に渡ってみたくなった。

西尾が来るのは夕方の予定だった。仕事をなるべく早く切り上げる、といっていたが、何時の便か聞いていない。しかし南方海上諸島を拾って飛ぶヒコーキは小さいから、有視界飛行のはずで、夜に入ることはないだろう。汐子のほうは午前中に大阪空港から飛び立って那覇へ二時間あまりで着いた。そこから石垣島へ一時間、あっけないような旅だった。石垣島の空港から、タクシーでごろごろと十五分ばかり走って、

近代的なプールつきのホテルへ着いたのだ。まだ日は高い。

(海だらけのところへ来た――)

というのが、汐子の第一印象だった。

(やたら、空間がある――)

というのが第二。千里の団地などに住んでいると夢のような風景だ。

(夢のつづきだ――)というのが第三の印象だった。(沖縄へ、友達と? 行ってこいよ。おれは亜由美《あゆみ》とるす番するよ)夫は娘が可愛いので満更でもない顔だった。夫と、小学五年生の娘を置いて、昔の恋人と会うために、こんな南の島へやってきた自分を夢のように汐子は思う。自分が自分でない、離魂病のような感覚に、汐子は執拗に苦しめられた。

竹富島は高速船でいくと十分ばかりで着いてしまう。桟橋に人が群れていたが、マイクロバスで海水浴場へ行く道は、もう人影もない。サンゴ礁の垣にハイビスカスが咲いている。

水牛がアダンの木かげにつながれていて、低い屋根の上にはシーサーが載《の》っていた。

一望の白砂の浜に出たが、そこにも点々と人影があるだけで、梅雨があがって真夏になる直前という時期の南の島は人少なである。

(いまがええねんな、夏休み前という頃が。九月もええが、そのころは南の島は台風シーズンやからね)

と西尾のいう通りだった。人目を忍ぶのには、その季節の南の島がいちばんだという。

海辺に、はかないテントを張って、婆さんが星の砂を売っていた。汐子は寄った。

「ここで取れますの? この浜で?」

婆さんは、星砂はもっと南の海岸だといい、小さなスコップですくったそれを、ビニール袋に入れては並べている。山盛りの白い砂を掌にこぼして目を凝らすと、たしかに星型の砂が混っていた。汐子は一袋買って、テントのそばで服を脱いだ。

服の上に星砂の袋を置き、水着で浜へあるいていった。

渚にうち寄せるさざ波は透明なゼリーのかけらのようだ。遠浅の浜を静かに沖へ歩いてゆくと、そのゼリーに少しずつ、うすい色がつき、空色となり、やがて碧色となる。やっと汐子の胸ぐらいの深さだった。

ゆっくり泳いでいくうちに再び海のゼリーは透明になり、さざ波がこまかく割れ、震え、底の白砂が盛り上って、汐子は打ちあげられた。

浮洲のような小島になっている。

浅い砂のうえを、小魚の影が過《よ》ぎるのがみえる。

(きみ、幸福そうやな)

と西尾は汐子に再会したとき嬉しそうにいった。

(幸福よ。あなたは?)

(まあ、ね)

（よかった）

（——ということは、ちょっとした時間を持ってもエエ、ということやなあ。お互いに、お互いの幸福をたしかめ合うために。——きみ、色っぽうなったぜ。三十五なんてトシは、好きやねえ、女の三十五は。オレ好きやデ）

（西尾サンもすてきよ）

四十に近くなって西尾も、大阪の商売人らしく練れておちついた男になっている。南の島へいこう、星の砂のあるトコなんや、海がきれいでなあ、と西尾は熱心に誘った。誰と行ったのだろう？

（家族連れで、来たんじゃない？）

といま、汐子は思い当る。汐子は海だらけの、やたら空間のある浮洲の砂の上に、腹ばいになっている。

目線の高さに紫色の山影と白い雲がある。

今夜の夕食に、汐子は豚肉と新キャベツをごまだれで食べるように準備してきた。夫も娘も、豚肉の鍋物が好きなのだ。殊に汐子の作るごまだれが。白ごまとピーナッツを擂鉢で擂りつぶし、だしと醤油と酢でときゆるめる。汐子は心こめて作ってきた。夫はそれにニンニクを擂り入れるが娘はニンニク嫌いなので「パパの分」「あんよの分」と、分けてメモに書き、冷蔵庫へ入れてきた。亜由美は小さいとき「あゆみ」と言えなくて、「あんよ」といっていた。それがいまも愛称になっているのだ。

（そうだわ、キャベツ……）

と汐子は思い出した。キャベツを買うのを忘れたわ。——ごまだれを作るのに夢中で。

汐子はゆっくり、暖かい湿った砂浜から身を起した。

ゼリーのかけらのようなさざ波をかきわけ、遠浅を渚へ向って歩く。まだ、那覇行きのＳＷＡＬ便はあるだろうか？

急にあたりの風景が切ないほど美しくみえてきた——アダンの林も、ゼリーのかけらのさざ波も、雲も。現実に返った目には、南の島はこの世のものならず美しかった。

第五話
乾燥薔薇

結婚するときめてから、目に入るものすべてが、美佐緒《みさお》には新鮮で美しかった。田代《たしろ》とはもう、一年もつき合っていたというのに。

その逢瀬のどれにも思い出があって嬉しかったが、やっぱり、

「結婚する」

ときめると、放恣な愉悦にとめどなく、心も溶け出しそうだった。

（そうかァ。もう、ずうっと、一緒にいられるんだ）

と思うと、安堵、といった嬉しさがある。

ふり向いたとき、顔をあげたとき、そこに男がいるということ。

荷物を、手を出して持ってくれる男がいるということ。

外から家へ、一緒にかえる男がいるということ、同じ家のキイを持つ男がいるということ。（それが結婚なんやわ）と思うと、美佐緒は田代がいっそう可愛ゆくなる。四十二の男を「かッわゆい！」なんて思うようになろうとは、考えたこともなかった。

そして「結婚」について、こんなに深い喜びを感ずるために、三十五のいままで独り身で来たのかもしれないと思うと、

（うまくいった人生だった！）

とも思う。楽しみを尖鋭化するため待ちつづけていたといってもいい。もっとも美佐緒は神戸の貿易会社に勤めてもう十なん年になる。自立できるぐらいのサラリーは取っていたので、独り暮しに不満はなかった。母や兄はうるさくいうが、

（大丈夫よ。年とって兄チャンの厄介者になったりせえへんわ）

と美佐緒はニヤニヤしていた。何人かの男と知り合い、恋したり、くどかれたりしたが、田代といちばん気分があう。田代は三年前に妻が病死し、一人娘と暮しているが、機械メーカーの輸出部で働いている。美佐緒とは仕事で知り合ったのである。ずんぐりむっくり、短軀小太りの体つきだが、神戸育ちらしい明るい気立てで、人柄が練れていていい。美佐緒は人柄のいい男しか、相手にしない。人柄がいいと風采もよくなり、容貌もよくみえることを、長い会社勤めで男を見馴れて、知るようになっていた。

一人娘がやっと大学へ入ったので、田代は肩の荷が下りた、といっている。

「早《は》よ結婚しょう。時間、勿体ない」

「うん！」

「こないしてても楽しけど、やっぱり、美佐緒の旨い料理、毎日食べたいよってな」

「うん！」

美佐緒は勢よく答えた。三十五になって「うん！」といえるなんて、

（長い長い青春《はる》やなあ……）

と嬉しい。美佐緒は神戸の水道筋のマンションに住んでいて、田代はそこへやってくるのだが、泊ることはない。二人で夕食を食べてしまうと、娘の待つ家へ帰ってゆく。

結婚するとなると娘と三人暮しになる。美佐緒の友人の一人は、

（義理の親子、継母継子って、食うか食われるか、よ。アンタその覚悟あるの？）

と脅す。この女も独り身だが、結婚する女を見ると必ず何か一癖ある批評をいうようである。フフンと美佐緒は思う。なにさ、実の母子だって食うか食われるか、だわよ。

美佐緒の身内の老女は、

（へー。三十五で結婚。まるで煎豆《いりまめ》に花咲いたようなもんで
んな、そやけど後妻ではなあ……）

と水をさすようなことをいって冷笑したものだ。美佐緒は何をいわれてもニヤニヤ笑っていた。

（しっかりせえ！）

と自分で自分を叱咤するが、こぼれる笑いは抑えようがないのだ。阿呆にこの幸福が分るもんか。

七月に簡単な披露宴をし、八月の休みに、どこかへ旅行しよう、ということになった。美佐緒は、娘と三人で行ってもいいという。田代は、娘が行きたがらないだろうという。そんな打合せや話合いに、今までより頻繁に、田代は美佐緒のマンションを訪れるようになった。

「ああ……もうちょっとしたら、朝までこないして、居《お》れるねんなあ」

「毎晩、アンタの手料理食べられるのんか、こんな旨い料理を。涙、出そうや」

なんて正直にいう田代は可愛い。

「美佐緒チャン」

「うん？」

「アンタ好きやデ。ほんまに」

「嬉し。涙、出そうや」

「可愛《かい》らし人や」

二人でいつもそんなことを言い合って食べる。二人きりの夜は大宴会である。美佐緒はミニローズの形よく乾いた、綺麗な紅色をとどめたものを、十輪ばかりもガラスのコップに挿して、テレビの上に置いているが、田代はそれに目をとめていった。

「あれ、枯れてるのんとちゃうんか。いや、乾燥薔薇か」

「ドライフラワーっていうのよ」

「枯れてるとこに色気ある。いや、美佐緒チャンのこととちがう、アンタは枯れてへん。僕がよう知ってます。みずみずしいもんでっせ」

「いゃン。いやらし」

「あ。何もいうてえへんのに。スケベ」

といつもそのへんで、軽くいちゃつき、美佐緒は幸福で息がつまりそうになる。煎豆に花が咲いて何が悪いのさ。美佐緒は料理ができない。今まで田代にととのえたのはみな、一流ホテルや仕出し屋のものだ。しかし結婚すれば料理くらい、あっという間に習得する自信はある。

「かッわゆい男」のためなら性根の据った三十五の女は何でもできるってもんだ。

「田代サン」

「何や」

「長生きしょね。死なんといてね」

「僕こそ、いまそう言お、思《おも》てたトコや」

中年の痴話は死につながるようであった。

第六話

お好きな曲は？

「これ、おかしくないですか？」

隣の男が、ふと美加子に話しかけた。強くブランデイの匂いがした。

バーのカウンターの上にはところどころに、〈当ホテルのご案内〉が置いてある。男が見せたのはその折りたたんだ案内の内側だった。料理の写真があって、男の指はその説明文の個所に置かれていた。

〈当ホテルでは、フランス料理、日本料理、中華料理と、それぞれが剣《けん》を競《きそ》い……〉

「――これ、字がまちがってやしませんか、この剣でしたか」

と男はいった。

「さあ」

と美加子は頭を傾けてあやふやに、「女ヘンの『妍』じゃなかったかしら？」

「でしょう？　それに、妍を競うって女の美しさを争うことだったように思う……いや、僕もよくわからんですが、料理にも使うかなあ」

「わたしもわかりませんわ。でも、こんなむずかしい言い廻しをしなくても、みなとりどりにステキです、っていえばいいのに」

「ほんとです！」と男は元気よくいい、

「むつかしいことをいおうとすると、学のないことが暴露される」

と美加子のほうを見て笑った。四十半ばぐらいか、言葉に博多なまりがあった。

バーのカウンターでは、隣の客と顔を合わせなくてすむ。美加子はいつのときも、左右に視線をさまよわせたりしない。いつもつんとしてシーバスリーガルの水割を飲む。

このシティホテル一階のバーは、男たちのグループで占められることが多い。男たちはよく笑い、よくしゃべり、（何であんなに話し合うことがあるんだろう？　何があんなに面白いんだろう？）と美加子に鈍い嫉妬を感じさせる。男たちはおおむね、仕事の話をしていた。彼らをそんなに夢中にさせる仕事の魅力、それからそんな魅力ある仕事をもつ彼らに、美加子は妬いていた。グループで談笑しつつ商談する男たちは、美加子に関心を持たず、視野にも入らないようだった。

しかし一人で飲む男たちも、たまにはいる。

そんな男たちは美加子の恰好のいい脚、黒地に白い水玉、それもピンドットとよばれる極く小さい水玉を散らしたシルクのドレス、そのドレスを透して軀つきを見ているらしい。

美加子はその視線を娯しむ。たまに話しかけてくる男もいるが、美加子はマンハントに来ているわけではないので、おしゃべりだけを交して十五分ほど過す。男たちの話のきっかけもさまざまだが、〈ホテル案内〉の文字の誤字を指摘するという、今夜の男のきっかけは面白い。

「でも、よくお気がつかれましたこと」

と美加子はたっぷり感心した演技をする。

「学校の先生？　物知りでいらっしゃるもの」

「いやいや、とんでもない。トシのせいですよ、会社の若いもんに何か書かすと、とんでもないマチガイをやったり、あて字を書いたりするので、うたぐり深くなるクセがつきましてね」

男は〈当ホテルのご案内〉を指で弄びながら、片手でブランデイをまた、すすった。

「このまえは、懐石料理というのを、壊石、石を壊す、と書いた若いのがいました」

「石を壊したお料理では食べられませんね」

美加子はおかしそうに笑う。上機嫌でたのしげな笑いなので、男たちはみな、ちょっとうらやましそうに、美加子と隣の男をふりかえる。仲のいいカップルにみえているのかもしれない。それから、女の上機嫌というのはめったにないので（女は上機嫌を他人《ひと》に悟られるのを、何かの弱味のように恐れて隠す。だから男たちはいつも上機嫌な女にあこがれ、慕わしく思う。）美加子の嬉しさ手放し、というような声と笑いは、まわりの男たちの関心を集めたようだった。

隣の男も眼がいきいきした。声に気力が出、

「神戸の女のひとはきれいですね。一年に三回ぐらい出張で来ますが、神戸は好きです」

「あたしは神戸を好きだといって下さる男のひとが好きですわ」

美加子は愛想よくいった。男は有頂天になったように、ひきつった笑いを洩らした。

「そのほかにお好きなもの、ありますか？　こう、――何ですな、夜明けの港を見るとか」

とても面白そうな男だった。頭の働きもわるくなさそうだ。しかし美加子はこのシティホテルのバーへ、束の間のお芝居に来ているのであって夢と実人生を重ねるつもりはないのだ。

「いいえ、夜明けの港より好きなのはガラスの瓶よ」

「ビン？」

「それもフタのついてるの。中にいろんなものを押し込められるんですもの。ですから風邪薬のビンでも便秘のお薬のビンでも好き。ガラスでフタがついていれば――夢も押し込めますし」

「なるほど」

「それからコットンのドレスとか、花火。それに。（と美加子は小声になる）不倫のあいてに強請《ゆす》られること。あたし、主

人がいま出張中なの。つい、そんなことを夢みてあこがれるの」

「人妻《おくさん》でしたか。しかし可愛いなぁ」

「ふふふ」

「場所を変えて飲みませんか。はしご酒はお好きですか？」

「ええ、はしご酒も好きですけど、お好きな曲は、とは聞いて下さらないの？」

「お好きな曲は？」

「蛍の光。——とても楽しかったわ、ありがとう。楽しくおしゃべりできる男のひとって好きよ」

——男はあわただしく追ってきて、電話番号をと追っている。しかし美加子は薄く笑ってどんどん遠ざかる。ホテルの夜のバーで月一回、演出する小粋な女は、一人ぼっちの美加子の唯一の娯楽なのだ。（あのパートも今月いっぱいでクビだわ）すぐにも結婚できるようにと、学校を卒業するなりパートで働いたのに……ついに愛する相手とめぐり合わず、三十五になってしまった美加子なのだ。次のパートを早急に捜さないといけないと思いつつ、彼女は駅へ急ぐ。

田辺聖子年譜

（平成17年までは『田辺聖子全集』別巻1「年譜」より抜粋）

昭和3年　1928　0歳
3月27日、大阪市此花区（現・福島区）に生まれる。父・貫一は数えで27歳、母・勝世は24歳。一家は写真館を経営していた。

昭和5年　1930　2歳
弟・聰誕生。

昭和6年　1931　4歳
妹・淑子誕生。

昭和8年　1933　5歳
大阪市立中之島幼稚園に入園。

昭和9年　1934　6歳
大阪市立上福島尋常高等小学校に入学。

昭和15年　1940　12歳
淀之水高等女学校（現・淀之水高等学校）に入学。絵画部に入部。このころ「少女の友」を愛読。

昭和19年　1944　16歳
樟蔭女子専門学校（現・樟蔭女子大学）国文科に入学。短歌クラブに入る。

昭和20年　1945　17歳
動員令により伊丹近くの航空機製作所の工場で働く。動員解除後は、学校工場で働き、ボタンホールかがりをする。6月1日の大阪大空襲で田辺写真館焼失。12月、父・貫一死去。

昭和22年　1947　19歳
樟蔭女子専門学校国文科を卒業。大阪の金物問屋ＫＫ大同商店に入社。

昭和26年　1951　23歳
保高徳蔵が主宰する同人誌「文藝首都」の会員となり、原稿を送り始める。

昭和27年　1952　24歳
筆名・相馬八郎で書いた「診察室にて」が「文章倶楽部」に読者文芸小説入選第一席として掲載される。

昭和29年　1954　26歳
大同商店を退社。『古事記』『日本書紀』に没頭。

昭和30年　1955　27歳
大阪文学学校へ通う。足立巻一の指導で生活記録「私の生い立ち」などを書く。

昭和31年　1956　28歳
この年さかんに小説を書く。「花狩」120枚を足立巻一に提出。「虹」で大阪市民文芸賞受賞。

昭和32年　1957　29歳
「花狩」が「婦人生活」の懸賞小説に佳作入選。

昭和33年　1958　30歳
大阪文学学校研究科を卒業。

昭和34年　1959　31歳
「花狩」を「婦人生活」に連載。最初の単行本『花狩』刊行。

昭和35年　1960　32歳
ラジオドラマ「初恋」放送。

昭和36年　1961　33歳
文学仲間と同人誌「航路」創刊。

樟蔭女子専門学校時代。右から2番目

聖子5歳、縁側にて

田辺写真館

生後65日目の聖子と母・勝世

父・貫一

弟妹と雛祭り

ラジオドラマ「めぐりあい」放送。同人誌「のおと」(のち「大阪文学」と誌名変更) に加入。「容色」(「大阪人」)「隼別王子の叛乱」(「のおと」)「民のカマド〈私の大阪八景 その一 福島界隈〉」(「のおと」) 発表。

昭和37年　1962　34歳
「陛下と豆の木〈私の大阪八景その二淀川〉」(「大阪文学」)「玉島にて」(「航路」) 発表。

昭和38年　1963　35歳
「神々のしっぽ〈私の大阪八景 その三 馬場町・教育塔〉」(「大阪文学」)「感傷旅行 (センチメンタル・ジャーニイ)」(「航路」) 発表。

昭和39年　1964　36歳
「感傷旅行」で第50回芥川賞受賞。『感傷旅行 (センチメンタル・ジャーニイ)』刊行。年末東南アジアへ。

昭和40年　1965　37歳
『私の大阪八景』刊行。「求婚」が初のテレビドラマ化 (以下「ドラマ化」)。

昭和41年　1966　38歳
神戸市兵庫区の開業医師・川野純夫と結婚。住居は生田区諏訪山の異人館だが半ば別居婚、仕事場は尼崎にあった。

昭和42年　1967　39歳
義父死去を機に神戸市兵庫区荒田町に移り、夫の家族と同居。家族は総勢11人。仕事と家事に多忙を極める。『わが敵 MY ENEMY』刊行。「わが敵」ドラマ化。

昭和43年　1968　40歳
ヨーロッパ旅行。「猫も杓子も」(〜昭44) 連載。

昭和44年　1969　41歳
『猫も杓子も』刊行。「極楽夫婦」ドラマ化。

昭和45年　1970　42歳
「11PM」第2回女流酒豪番付で前頭二枚目に選ばれる。『ここだけの女の話』『女の日時計』刊行。「ぎっちょんちょん」ドラマ化。

昭和46年　1971　43歳
『貞女の日記』『もと夫婦』『あかん男』『浮舟寺』刊行。「女の日時計」「もと夫婦」ドラマ化。

昭和47年　1972　44歳
「上方お笑い大賞」審査員になる。「窓を開けますか?」「夜あけのさよなら」(〜昭48)「すべってころんで」「求婚旅行」(〜昭49) 連載。『千すじの黒髪―わが愛の與謝野晶子』『女の目くじら』『窓を開けますか?』刊行。

昭和48年　1973　45歳
ツチノコ探検にでかける。奄美大島に旅行。「文車日記―わたしの古典散歩」(〜昭49)「言い寄る」連載。『すべってころんで』『女の長風呂』『求婚旅行 (上・中)』『女が愛に生きるとき』『言うたらなんやけど』刊行。「すべってころんで」ドラマ化。

昭和49年　1974　46歳
『女の長風呂 (続)』が第2回日本腰巻文学大賞受賞。兵庫県一宮町に山荘を買う。「夕ごはんたべた?」(〜昭50)「古川柳おちぼひろい」(〜昭51)「新・源氏物語」(〜昭53) 連載。『女の長風呂 (続)』『求婚旅行 (下)』『夜あけのさよなら』『中年の眼にも涙』『文車日記―私の古典散歩』『言い寄る』刊行。「求婚旅行」ドラマ化。

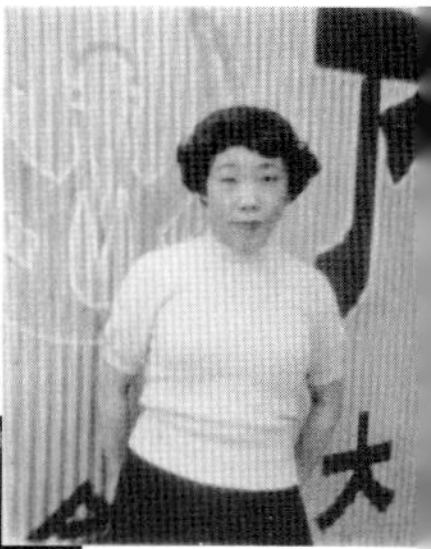
大同商店で働いていた頃

芥川賞受賞を祝う会にて

ツチノコ探検隊

文学仲間と

神戸・再度筋教会での結婚式

昭和50年　1975　47歳
「月刊面白半分」で「佐藤愛子と田辺聖子」特集号。NHKが朝の連続テレビ小説「おはようさん」（原作「甘い関係」）放送。秋、過労で1カ月間入院。「隼別王子の叛乱」（～昭51）「休暇は終った」（～昭51）「舞え舞え蝸牛」（～昭51）連載。『篭にりんご テーブルにお茶…』『夕ごはんたべた？』『愛の風見鳥』『うたかた』『イブのおくれ毛』刊行。「女の日時計」ドラマ化。

昭和51年　1976　48歳
伊丹市のマンションに転居。大阪芸術賞を受賞。「朝ごはんぬき？」「私的生活」連載。『イブのおくれ毛（続）』『休暇は終った』『言うたらなんやけど（続）』『古川柳おちぼひろい』『朝ごはんぬき？』『私的生活』刊行。

昭和52年　1977　49歳
「月刊面白半分」の編集長に就任。「カモカ連」を結成して徳島の阿波踊りに参加。千里で「蜻蛉日記」集中講義。台湾旅行。ぬいぐるみ「スヌー」と「オジン」を養子に。「愛の幻滅」「中年ちゃらんぽらん」「しんこ細工の猿や雉」（～昭53）連載。『隼別王子の叛乱』『ラーメン煮えたもご存知ない』『ああカモカのおっちゃん』『欲しがりません勝つまでは―私の終戦まで』『舞え舞え蝸牛―新・落窪物語』『世間知らず』『ああカモカのおっちゃんⅡ』刊行。

昭和53年　1978　50歳
女性作家たちと香港旅行。ヨーロッパ旅行。宝塚大劇場／東京宝塚劇場で月組が「隼別王子の叛乱」上演。ハワイ旅行。「魚は水に女は家に」「愛してよろしいですか？」（～昭54）連載。『人間ぎらい』『愛の幻滅』『三十すぎのぼたん雪』『大阪弁ちゃらんぽらん』『中年ちゃらんぽらん』『孤独な夜のココア』『新源氏物語（一）』『カモカのおっちゃん興味しんしんⅠ』刊行。「中年ちゃらんぽらん」ドラマ化。

昭和54年　1979　51歳
「朝ごはんぬき？」ドラマ化で、夫とともに出演。ぬいぐるみ「アマエタ」「チビスヌ」を養子に。宝塚大劇場で花組が「舞え舞え蝸牛」上演。「蝶花嬉遊図」「むかし・あけぼの―清少納言物語」（～昭57）「源氏紙風船」（～昭56）連載。『新源氏物語（二～五）』『愛してよろしいですか？』『ヨーロッパ横丁たべあるき』『魚は水に女は家に』『スヌー物語―浜辺先生ぶーらぶら』『日毎の美女―新・醜女の日記』『カモカのおっちゃん興味しんしんⅡ』『おちくぼ姫―落窪物語』刊行。

昭和55年　1980　52歳
東京宝塚劇場で花組が「舞え舞え蝸牛」上演。「お目にかかれて満足です」（～昭56）「ダンスと空想」（～昭56）連載。『私本・源氏物語』『蝶花嬉遊図』『オムライスはお好き？』『芋たこ長電話』『竹取物語・伊勢物語』刊行。

昭和56年　1981　53歳
宝塚大劇場で月組が「新源氏物語」上演。杉田久女の取材で九州旅行。伊丹市民文化賞受賞。ハワイ旅行。「苺をつぶしながら」連載。『おせいカモカの対談集』『おんな商売』『田辺聖子長篇全集』全18巻（～昭57）『姥ざかり』『源氏

スヌーと

ヨーロッパ旅行

大阪芸術賞授賞式

一宮町の山荘

「月刊面白半分」特集号

カモカ連

紙風船』『女の居酒屋』刊行。

昭和57年　1982　54歳

「ブリリアントなクリスタルカクテル」を作詞。兵庫県文化賞受賞。関西芸術座が「姥ざかり」上演。台湾旅行。「風をください」「返事はあした」(～昭58)連載。『お目にかかれて満足です』『苺をつぶしながら――新・私的生活』『苦味(ビター)を少々――399のアフォリズム』『風をください』『歳月切符』刊行。

昭和58年　1983　55歳

第1回サントリーミステリー大賞の公開選考会に出席(～平3)。伊丹市梅ノ木へ転居。「恋にあっぷあっぷ」(～昭59)「川柳でんでん太鼓」(～昭60)連載。『いっしょにお茶を』『春のめざめは紫の巻――新・私本源氏』『返事はあした』『むかし・あけぼの――小説枕草子』『女の口髭』『夢の菓子をたべて――わが愛の宝塚』『ダンスと空想』刊行。

昭和59年　1984　56歳

白雪姫に扮して神戸まつりに参加。「どんぐりのリボン」(～昭60)「今昔絵双紙」(～平1)「ベッドの思惑」「田辺聖子の百人一首」(～昭61)連載。『おせいさんの団子鼻』『しんこ細工の猿や雉』『姥ときめき』『女の幕ノ内弁当』『恋にあっぷあっぷ』『はじめに慈悲ありき』刊行。「愛してよろしいですか」「容色」ドラマ化。

昭和60年　1985　57歳

関西芸術座「姥ときめき」芸術座「姥ざかり」上演。奄美大島、ニューヨークへ取材旅行。「新源氏物語　霧深き宇治の恋の物語」(～昭62)連載。『宮本武蔵をくどく法』『ジョゼと虎と魚たち』『ベッドの思惑』『女の中年かるた』『大阪弁おもしろ草子』『手づくり夢絵本』『川柳でんでん太鼓』『死なないで』刊行。

昭和61年　1986　58歳

第40回神戸新聞平和賞受賞。「九時まで待って」(～昭62)「ぼちぼち草子――ミスター・ゲンジの生活と意見」(～昭62)連載。『田辺聖子の古事記』『どんぐりのリボン』『星を撒く』『女の華やぎ――田辺聖子の世界』『嫌妻権』『浪花ままごと』『田辺聖子の小倉百人一首』『ほのかに白粉の匂い――新・女が愛に生きるとき』刊行。「姥ざかり」ドラマ化。

昭和62年　1987　59歳

直木賞初の女性選考委員になる。山本周五郎賞、小説すばる新人賞選考委員になる。『花衣ぬぐやまつわる……』が第26回女流文学賞受賞。「不機嫌な恋人」(～昭63)「女が35歳で」連載。『花衣ぬぐやまつわる……わが愛の杉田久女』『恋のからたち垣の巻――異本源氏物語』『田辺聖子の小倉百人一首(続)』『春情蛸の足』『猫なで日記――私の創作ノート』『女のとおせんぼ』『姥うかれ』刊行。

昭和63年　1988　60歳

東京と関西で還暦を祝う「すみれパーティ」「あやめパーティ」。フェミナ賞の選考委員になる。「お気に入りの孤独」(～平2)連載。『九時まで待って』『不機嫌な恋人』『田辺聖子と読む蜻蛉日記』『古典の森へ』『ぼちぼち草子』刊行。「花衣ぬぐやまつわる……」ドラマ化。

編集者たちと宴会「ヤミの会」

夫婦で熱唱

神戸まつりにて

自宅で夕食

『苺をつぶしながら』軽井沢取材

昭和64・平成元年　1989　61歳
関西芸術座が「すべってころんで」上演。「季刊フェミナ」編集委員、堺自由都市文学賞、朝日新人文学賞の選考委員になる。「源氏たまゆら」（〜平2）「ぼちぼち草子―ミスター・ゲンジの生活と意見III」（〜平2）連載。『ブス愚痴録』『うつつを抜かして―オトナの関係』『不倫は家庭の常備薬』『おくのほそ道』『性分でんねん』『結婚ぎらい』『薔薇の雨』刊行。

平成2年　1990　62歳
第10回日本文芸大賞受賞。女流文学賞の選考委員になる（〜平12）。「うたかた絵双紙―古典まんだら」（〜平4）「ひねくれ一茶」（〜平4）連載。『「源氏物語」の男たち―ミスター・ゲンジの生活と意見』『夢のように日は過ぎて』『新源氏物語　霧ふかき宇治の恋』『天窓に雀のあしあと』『田辺聖子の味三昧』『今昔物語絵双紙』『東海道中膝栗毛』刊行。

平成3年　1991　63歳
銀婚式を祝う「二人三脚パーティ」。「季刊フェミナ」で田辺聖子の特集号。「花はらはら人ちりぢり―私の古典摘み草」（〜平4）「おかあさん疲れたよ」（〜平4）連載。『お気に入りの孤独』『「源氏物語」男の世界』『源氏たまゆら』刊行。

平成4年　1992　64歳
大岡信らと「堺に与謝野晶子記念館を建てる会」を結成。「道頓堀の雨に別れて以来なり―水府泡幻」（〜平9）「王朝懶夢譚」（〜平6）連載。『乗り換えの多い旅』『よかった、会えて』『金魚のうろこ』『ひねくれ一茶』『ほととぎすを待ちながら―好きな本とのめぐりあい』『おかあさん疲れたよ』刊行。

平成5年　1993　65歳
『ひねくれ一茶』が第27回吉川英治文学賞受賞。東京と関西で作家生活30年と著書200冊を祝う会「夢200パーティ　ありがとうみなさん」を開催。「鏡をみてはいけません」（〜平7）「秋灯机の上の幾山河―ゆめはるか吉屋信子」（〜平10）連載。『花はらはら人ちりぢり』『うたかた絵双紙』『田辺聖子珠玉短篇集』全6巻　『とりかえばや物語』『新源氏物語』（全1巻）　『姥勝手』『愛のレンタル』刊行。

平成6年　1994　66歳
自筆原稿・初版本などの資料を関西大学総合図書館に寄贈。第42回菊池寛賞受賞。『週末の鬱金香（チューリップ）』『夢渦巻』『ウキウキした気分』刊行。

平成7年　1995　67歳
1月17日、阪神・淡路大震災で被災。東京で大震災チャリティー講演会「ナンギやけれど……」開催。紫綬褒章受章。『王朝懶夢譚』『ずぼら』『薄荷草の恋（ペパーミント・ラヴ）』『かるく一杯』『ベスト・オブ・女の長風呂』I〜III刊行。

平成8年　1996　68歳
兵庫県宍粟郡一宮町に文学碑が建つ。『ナンギやけれど……　わたしの震災記』『手のなかの虹―私の身辺愛玩』『鏡をみてはいけません』刊行。

一宮町の文学碑除幕式

『東海道中膝栗毛』スケッチ帖より

『おかあさん疲れたよ』京都取材

著書200冊を記念して

「二人三脚パーティ」

平成9年　1997　69歳
大阪・リーガロイヤルホテルで連続講座「『源氏物語』をご一緒に」を開始(〜平12)。関西芸術座が「おかあさん疲れたよ」を上演。大阪府女性基金プリムラ大賞受賞。『お聖さんの短篇—男と女』刊行。

平成10年　1998　70歳
古希を祝う「桃花パーティ」。紫式部文学賞の選考委員になる(〜平14)。エイボン女性大賞、第3回井原西鶴賞特別賞受賞。『道頓堀の雨に別れて以来なり』が第26回泉鏡花文学賞受賞。一宮町に「Welcome to 田辺聖子ワールド」が完成。「姥ざかり花の旅笠—小田宅子の「東路日記」」(〜平12)連載。『道頓堀の雨に別れて以来なり—川柳作家・岸本水府とその時代』『楽天少女通ります—私の履歴書』『源氏・拾花春秋』刊行。

平成11年　1999　71歳
『道頓堀の雨に別れて以来なり』が第50回読売文学賞「評論・伝記賞」受賞。『楽老抄—ゆめのしずく』『セピア色の映画館』『古典の文箱』『ほっこりぽくぽく上方さんぽ』『ゆめはるか吉屋信子—秋灯机の上の幾山河』刊行。

平成12年　2000　72歳
平成12年度文化功労者に選ばれる。「武玉川・とくとく清水—『俳諧 武玉川』の世界」(〜平14)連載。『小町・中町 浮世をゆく』『田辺聖子の源氏がたり』全3巻『恋する罪びと』刊行。

平成13年　2001　73歳
陳舜臣・藤本義一とともに講演会「作家たちの大震災」を開催。ロサンゼルスの日米劇場で「源氏物語の魅力」講演。「残花亭日暦」(〜平15)連載。『小倉百人一首』『姥ざかり花の旅笠』刊行。

平成14年　2002　74歳
1月、夫・川野純夫死去。第5回キワニス大阪賞受賞。『夢の櫂こぎ どんぶらこ』『武玉川・とくとく清水—古川柳の世界』『人生の甘美なしたたり』『iめぇ〜る』刊行。

平成15年　2003　75歳
母・勝世の白寿パーティ。『姥ざかり花の旅笠』が第8回蓮如賞受賞。『なにわの夕なぎ』『人生は、だましだまし』『女のおっさん箴言集』刊行。「ジョゼと虎と魚たち」映画化。

平成16年　2004　76歳
宝塚歌劇90周年記念式典で祝歌「百年への道虹のカレンダー」(作詞・田辺聖子)が歌われる。『残花亭日暦』『田辺聖子全集』全24巻、別巻1(〜平18)『一葉の恋』刊行。

平成17年　2005　77歳
伊丹で喜寿を祝う。10月、母・勝世死去。『田辺写真館が見た〝昭和〟』刊行。

平成18年　2006　78歳
『田辺聖子全集』完結。伊丹の柿衛文庫で「ひとつきだけの田辺聖子文学館」開催。NHK朝の連続テレビ小説「芋たこなんきん」放送開始。東京で「田辺聖子文学活動50年を祝う会」を開催。『ひよこのひとりごと—残るたのしみ』『おせい&カモカの昭和哀惜』刊行。

蓮如賞授賞式

文化功労者に選ばれて

芥川賞・直木賞授賞式で選評を述べる

母と

さよならカモカのおっちゃん

出版記念川柳大会

◇本文中の田辺聖子作品引用は、以下のものによる。

『田辺聖子全集』(集英社)第1巻〜第24巻、別巻1／『楽天少女通ります』(ハルキ文庫)／
『ひよこのひとりごと』(中央公論新社)／『スヌー物語』(文春文庫)／『猫なで日記』(集英社文庫)／
『性分でんねん』(ちくま文庫)／『花はらはら人ちりぢり』(角川文庫)／
『女の長風呂Ⅱ』(文春文庫)／『かるく一杯』(ちくま文庫)／『天窓に雀のあしあと』(中公文庫)／
『田辺写真館が見た“昭和”』(文藝春秋)／『うたかた』(講談社文庫)／
『鏡をみてはいけません』(集英社文庫)／『歳月切符』(集英社文庫)／
『人生の甘美なしたたり』(角川文庫)／『苦味《ビター》を少々』(集英社文庫)／『いっしょにお茶を』(角川文庫)／
『姥ざかり』『姥ときめき』『姥うかれ』『姥勝手』(新潮文庫)

◇インタビュー、記事からの引用の出典(雑誌・新聞名など)は各頁に明記した。
また、それぞれの構成者などは以下に記した。

・p29　インタビュー・構成／岡本麻佑
・p35　酒井順子・田辺聖子対談　初出／「朝日新聞」2004年12月21日朝刊　広告特集
・p39　宮本輝・田辺聖子対談　構成／増子信一
・p53　インタビュー・構成／菅聡子
・p94-95　小川洋子・田辺聖子対談　構成／島﨑今日子

◇参考文献

『田辺聖子書誌』(和泉書院刊、浦西和彦著)
「国文学解釈と鑑賞」別冊〈田辺聖子　戦後文学への新視角〉(至文堂刊、菅聡子編)

◇短編小説 初出誌

「クロワッサン」(マガジンハウス刊)　1987年6月10日号〜8月25日号

◇地図作製(p15)

小暮満寿雄

◇撮影協力

たこ梅分店(p35)
長﨑堂(p58)

◇料理(p67・p69-74)

すっぽん料理遠山／遠山義兼
〒661-0001　尼崎市塚口本町1-2-8　電話:06(6421)1127

◇編集協力　古川峰子　津田隆彦　金関ふき子

credit

◇執筆者プロフィール

川上弘美／かわかみ・ひろみ　作家。『田辺聖子全集』第6・10・11巻月報に執筆。
江國香織／えくに・かおり　作家。『田辺聖子全集』第2巻月報に執筆。
菅聡子／かん・さとこ　お茶の水女子大学教授。『田辺聖子全集』第5・13・17・21巻解題執筆、別巻1で「田辺聖子論」「年譜・田辺聖子で読む昭和史」を執筆。

◇ブックデザイン　渡辺貴志

◇カバー写真・撮影

久保陽子（平成17年7月7日撮影の田辺聖子）

◇表紙写真・撮影

田辺写真館（昭和3年6月12日撮影の田辺聖子）

◇扉「まいにち薔薇いろ」文字・イラスト

田辺聖子

◇本文撮影・写真提供

井上青龍（p8-9芥川賞受賞記念パーティ）
久保陽子（p11ガラスの薔薇の花／p18バッグ、眼鏡／p19酒瓶＆グラスコレクション／p35おでん／p50磐之媛命陵／p64置物の犬と犬小屋／p66常備菜、晩酌セット／p67・p69・p71-74料理写真／p76-77貝殻／p88喜寿パーティ／p93ドールハウス、くるみ割り人形）
佐々木恵子（p12久女の句碑／p14信州柏原村／p29徳島での夫妻）
文藝春秋（p13菊池寛賞贈呈式／p45神戸異人館／p60大阪戎橋／p80書斎）
中央公論新社（p39昆陽池／p86宝塚の生徒たちと）
大山謙一郎（p28夫婦の写真）
リーガロイヤルホテル（p33源氏物語講演）
井関雅也（p58長崎堂オルゴール）
関西芸術座（p89舞台「姥ざかり」）
毎日新聞社（p91昭和20年8月14日大阪砲兵工廠への空襲）
伊丹シティホテル（p124パーティでの著書200冊）

◇写真協力

講談社（p14信州柏原村／p27ぬいぐるみ）

※本書の中で使われている写真に、撮影した方、著作権者の方が不明なものがあります。
お心あたりの方は、編集部までご連絡いただければ幸いです。
※本文中、特に記載のない、p11ガラスの薔薇の花、p52-53ポプリ、p64置物の犬と犬小屋、p76-77貝殻、p93くるみ割り人形は、田辺聖子のコレクションの一部です。

まいにち薔《ば》薇《ら》いろ
田辺聖子A to Z

2006年12月31日　第1刷発行

著者　田辺聖子《たなべせいこ》 他
編集　『田辺聖子全集』編集室
発行者　加藤 潤
発行所　株式会社集英社
東京都千代田区一ツ橋2−5−10　〒101-8050
電話　03-3230-6100（編集部）
03-3230-6393（販売部）
03-3230-6080（読者係）

印刷所　大日本印刷株式会社
製本所　加藤製本株式会社

ISBN4-08-774837-5　C0095

定価はカバーに表示してあります。